EN QUARANTAINE

JEUX ET RÉCITS

PAR

Mme DE WITT

NÉE GUIZOT

OUVRAGE ILLUSTRÉ DE 48 VIGNETTES

PARIS

LIBRAIRIE HACHETTE ET Cie

79, BOULEVARD SAINT-GERMAIN, 79

PRIX : 2 FRANCS 25

EN

QUARANTAINE *1096*

21999. — PARIS, TYPOGRAPHIE LAHURE
Rue de Fleurus, 9

EN
QUARANTAINE

JEUX ET RÉCITS

PAR

Mme DE WITT

NÉE GUIZOT

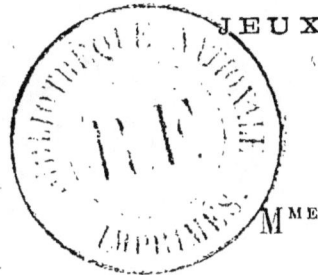

OUVRAGE ILLUSTRÉ DE 48 VIGNETTES DESSINÉES SUR BOIS

PAR A. FERDINANDUS

PARIS

LIBRAIRIE HACHETTE ET Cie

79, BOULEVARD SAINT-GERMAIN, 79

—

1878

EN QUARANTAINE

JEUX ET RÉCITS

CHAPITRE I

Attente.

« Maman, peut-on entrer ? »

Il était six heures du matin, le 24 décembre ; Mme d'Avrigny, qui venait de se lever, allumait son feu, une lampe brûlait déjà sur sa table. Elle s'avança rapidement vers la porte.

« C'est toi, ma petite Blanche ? » dit-elle.

1

Au même instant, une seconde voix, plus basse et plus douce encore que la première, reprenait gaiement :

« Non, maman, c'était Rose ! »

Les deux petites filles sautèrent ensemble dans les bras de leur mère, qui riait et qui les grondait de s'être levées plus tôt qu'elles n'auraient dû faire. Elle les entraîna toutes deux auprès de la cheminée. Blanche avait saisi le soufflet, et elle excitait joyeusement les flammes :

« Il fait bon chez vous, maman ! nous avons eu très froid en nous habillant ; nous n'avons pas osé allumer notre feu de peur de réveiller Célestine !

— Vous êtes trop petites pour allumer vous-mêmes votre feu ! » cria M. d'Avrigny qui achevait de s'habiller dans son cabinet de toilette.

Ses filles s'élancèrent sur lui ; elles parlaient toutes les deux à la fois :

« Papa ! savez-vous, nous croyons que notre pot à l'eau est cassé, nous avons entendu cette nuit un grand bruit, un craquement très fort ; Blanche a cru d'abord que c'était un bal de rats, vous savez, papa, quand ils courent après des noix, en les roulant très vite, comme s'ils dansaient le galop, et puis nous n'avons plus rien entendu, et ce matin quand nous avons allumé

« Papa, nous croyons que notre pot à l'eau est cassé. »

notre bougie, nous avons cru voir notre cuvette toute remplie d'eau. »

M. d'Avrigny s'arrêta, au moment d'enfiler la seconde manche de son paletot :

« Et comment vous êtes-vous lavé la figure? » dit-il, en prenant un air très inquiet, « puisque vous avez seulement *cru* voir de l'eau dans votre cuvette? »

Les deux petites filles rougirent :

« Oh! papa, quand nous nous levons de très bonne heure, Célestine n'est pas réveillée, et alors nous nous débarbouillons seulement un peu avec une serviette; elle recommencera tout à l'heure, soyez tranquille, papa...; et même elle nous frottera les joues très fort », reprit Blanche, en riant, « car elle sera très en colère, quand elle verra que nos lits sont vides!

— Et la bougie allumée? continua M. d'Avrigny.

— Oh! non, papa, nous avons éteint la bougie avant de sortir de la chambre, nous l'avions cachée derrière le grand atlas. Rose l'avait ouvert à l'Asie.... l'Asie nous donne tant de peine à apprendre !...

— Vous ne m'avez pas encore dit pourquoi vous vous étiez levées de si grand matin? » reprit la mère, debout à la porte du cabinet de toilette, et qui souriait en écoutant le bavardage des enfants.

Les deux petites filles la regardaient avec étonnement; Blanche s'élança et sauta deux fois par dessus un tabouret avant de répondre.

« Oh! maman, dit Rose, vous le savez bien; Robert et Pierre arrivent aujourd'hui! à trois heures, maman, à trois heures! c'est papa qui l'a dit! Et nous avons vu par notre fenêtre André qui passait avec sa lanterne, il allait dans l'écurie pour préparer ses chevaux!

— Mais vous n'aidez pas le cocher à préparer ses chevaux, cinq à six heures d'avance? »

Rose cherchait une bobine de fil dans le panier à ouvrage de sa mère, Blanche avait déjà enfilé une grosse aiguille.

« Papa, nous avons toutes les guirlandes de lierre à faire pour l'escalier et pour le vestibule, Marthe a dit qu'elle n'y toucherait pas et qu'elle ne s'en inquiéterait même pas! Et nous sommes très pressées, nous voulons avancer beaucoup notre ouvrage avant que Jacques soit levé. Il nous dérange toujours, il est trop difficile, il mesure toutes les feuilles avant de s'en servir. »

Rose rougit à cette accusation portée contre son frère :

« Oh! non, Blanche, il ne les mesure pas; seulement l'année dernière, il a voulu essuyer toutes les feuilles avec une serviette. C'était bien joli, mais un peu trop long! »

M. d'Avrigny était sorti en riant, sans demander d'autres détails. La mère attira ses deux petites filles dans ses bras :

« Vous étiez si pressées, » dit-elle, « avez-vous
pensé à faire votre prière? »

Les enfants restaient interdites. Elles s'agenouil-
lèrent à côté de Mme d'Avrigny, répétant après
elle les paroles de la prière du matin. En se
relevant, Blanche, toujours la plus vive, s'écria :

« Maman! je sais mon verset de l'Évangile :

« Et moi aussi! » dit Rose, et les deux petites
voix redisaient ensemble : « Laissez venir à moi
les petits enfants! et ne les en empêchez point,
car le royaume des cieux est pour ceux qui leur
ressemblent! »

« Maman, les petits enfants, c'est nous, n'est-
ce pas? » demandait Rose.

Mme d'Avrigny faisait un signe de tête ; au
même instant, sans frapper à la porte, entrait
en courant un garçon de onze ans, fort, gros,
ébouriffé, tout rouge de froid et d'impatience.

« Voilà un quart d'heure que je vous cherche
partout, » criait-il, tout en embrassant sa mère,
« j'ai été dans votre chambre, Célestine m'a entendu, elle a crié :

« Qu'est-ce qui est là?'» J'ai demandé où vous
étiez, elle a répondu que vous étiez dans vos
lits, bien endormies, et que j'allais vous réveiller ;

mais j'avais failli tomber en entrant sur une
robe qui traînait par terre et sur une paire de
souliers ; je savais bien qu'on ne vous avait pas
couchées au milieu d'un pareil désordre, je n'ai
rien dit, je me suis sauvé, j'ai entendu Célestine
qui criait :

« La porte ! monsieur Jacques, fermez la porte !
Vous allez enrhumer vos sœurs, » mais je n'en
courais que plus vite, elle se sera levée pour fermer la porte, et quand elle aura vu que vous
étiez parties !... »

Mme d'Avrigny avait pris la main de ses petites
filles :

« Allons perfectionner un peu votre toilette ! »
dit-elle en riant.

Jacques riait aussi ; Rose avait laissé ses cheveux blonds et frisés flotter sur ses épaules sans
avoir cherché à les brosser ; Blanche avait piqué
un nœud bleu dans ses boucles en désordre ; les
petites robes étaient à demi agrafées, et les bro-
dequins n'étaient pas boutonnés. Les deux sœurs
n'avaient encore que sept ans, elles avaient été
longtemps délicates, elles étaient restées petites et
minces ; les gens qui ne les connaissaient pas
croyaient toujours qu'elles avaient cinq à six
ans ; ce qui désolait Rose, mais Blanche riait :

« On ne s'attendra pas à ce que je sois très
sage ! » disait-elle.

Longtemps Marthe avait désiré une petite sœur. Elle était l'aînée des enfants de Mme d'Avrigny, son aide de camp et son bras droit dans toutes les affaires du ménage et les soins qu'exigeaient les trois garçons. Elle répétait souvent :

« Maman, pour me rendre tout à fait heureuse, il faudrait une petite fille. Je ne veux même pas penser qu'il y a quelquefois des gens qui ont le bonheur d'avoir des petites sœurs jumelles ! »

Dieu avait accordé ce bonheur à Marthe, et ses deux petites sœurs étaient l'objet de tous ses soins. Mme d'Avrigny rencontra sa fille aînée dans le corridor qui menait à la chambre des enfants. Marthe s'empara aussitôt des petites filles, les protégeant doucement contre l'humeur de Célestine qui leur arrachait les cheveux en les coiffant, pendant qu'elle répétait :

« Quand on court dans la maison avant que l'air soit réchauffé, on attrape des rhumes et des nœuds dans ses cheveux ! »

Il faisait très-froid ; comme les petites filles l'avaient deviné, la glace avait fait éclater le pot à l'eau, sur la toilette.

Marthe s'étonnait, elle avait elle-même couvert le feu la veille au soir.

« Il ne gelait pas dans votre chambre, » répétait-elle.

Rose passa les bras autour de son cou :

« Ne le dis pas à Célestine, » murmura-t-elle tout bas, « mais nous avions voulu regarder si l'eau était gelée dans notre soucoupe sur le petit balcon, et je crois bien que la fenêtre n'était pas tout à fait fermée auprès de la toilette. »

Marthe ne se fâchait pas souvent, mais elle avait l'air très mécontent; Rose répéta plusieurs fois :

« Nous ne le ferons plus, je te le promets, d'ailleurs c'est très cher de racheter les pots à l'eau. »

Sans en demander davantage, la sœur aînée savait bien que Blanche avait ouvert la fenêtre. Jamais les deux jumelles ne s'accusaient réciproquement.

Leur toilette était finie, et elles étaient bien contentes d'échapper aux mains de Célestine; elles couraient dans la longue galerie se tenant par la main. Elles étaient blondes toutes deux, Rose était naturellement la plus pâle, Blanche était fraîche, et ses cheveux promettaient de devenir plus foncés que ceux de sa sœur. La ressemblance était encore frappante entre les deux visages et les deux voix. Leur mère et Marthe riaient à l'idée qu'on pût s'y méprendre, mais c'était le malin plaisir des petites filles de les attraper souvent. Comme on s'amusait quand maman appelait Rose au lieu de Blanche! M. d'Avrigny appliquait indifféremment les deux noms, et il s'amusait souvent à demander sa *Rose-Blanche!*

Quelquefois les vieilles paysannes disaient à Marthe en faisant la révérence : « Pourrions-nous pas voir les deux petites demoiselles ? »

Tout le monde répétait en les voyant passer : « Dieu les bénisse ! »

La température s'était réchauffée dans la maison, le feu était allumé dans le grand calorifère du vestibule, comme dans la salle basse où les femmes de chambre et les ouvrières travaillaient dans la journée. Là, sur la grande table de bois blanc, au milieu de la chambre, étaient entassés des rameaux de lierre et des masses de feuilles détachées des vieux murs. Rose et Blanche avaient à peine pris le temps d'avaler leur tasse de lait chaud, et déjà, l'aiguille à la main, elles formaient de longs chapelets de feuilles. L'escalier de la vieille maison était long et large; il montait au milieu du vestibule pour se séparer ensuite en deux branches. « Il y a des rampes à n'en plus finir, » disaient les petites filles, « Martin ne nous a pas apporté assez de feuilles, il faudra que Jacques aille en cueillir à la Tour du Nord. »

Jacques était assis devant le feu, occupé à faire griller du pain pour son déjeuner. C'était une affaire plus longue et plus importante que le déjeuner de Rose-Blanche ; les tartines disparaissaient avec une rapidité qui faisait rire Mme d'Avrigny, Marthe se fâchait quelquefois :

« Si tu étais au collége et si tu avais du pain sec, tu en finirais plus vite, » disait-elle.

Jacques riait.

« Si tu n'avais qu'un livre très ennuyeux, tu ne passerais pas autant de temps à lire. »

Marthe n'admettait pas la comparaison.

Les petites filles avaient répété leur demande :

« Jacques, quand tu auras fini de déjeuner, pourras-tu nous apporter un bon panier de feuilles de lierre? Elles sont très-belles sur la Tour du Nord ! »

C'était le nom que donnaient les enfants aux restes d'un escalier extérieur, plus ancien que le reste de la maison et tout entier couvert par un magnifique lierre.

Jacques se chauffait négligemment :

« Je ne sais pas, disait-il; la neige est épaisse, personne n'aura encore passé par là ce matin, si je m'enfonçais dans le ravin et que vous ne me revissiez plus? »

Ses sœurs riaient si fort que les domestiques se mirent à rire dans la cuisine :

« Ça vous amuse? eh bien, je vous dis qu'il y a eu ces jours-ci deux facteurs de la poste qui sont morts gelés dans la neige! »

Rose et Blanche ouvraient de grands yeux :

« C'était dans les montagnes, un peu loin d'ici, à ce qu'a dit papa en lisant le journal, mais on gèle en Normandie tout aussi bien qu'en Auvergne ! J'aurai joliment froid quand j'irai cet après-midi chercher Robert et Pierre au chemin de fer ! »

« Est-ce que tu iras les chercher ? Oh ! comme tu es heureux ! » criaient déjà les petites filles ; mais M. d'Avrigny passait dans la salle basse, appelant un domestique ;

« André, dit-il, vous attellerez le phaéton à une heure, j'irai moi-même chercher mes fils. »

Jacques ne réclama pas, il savait que son père ne consentirait pas à l'emmener. Il avait compté sur la carriole et sur une petite place au milieu des malles.

Il était quatre heures et demie, la nuit était venue ; les étoiles brillaient déjà au ciel, la lune éclairait la neige et les froides lignes des arbres dépouillés de feuilles. Mme d'Avrigny, le front collé contre les vitres, regardait devant elle, épiant sur la route lointaine la lueur des lanternes, écoutant si le silence de la campagne n'était pas rompu par le bruit des grelots d'un cheval. Depuis trois mois, elle n'avait pas vu ses fils aînés.

M. d'Avrigny n'était pas riche, il habitait pendant neuf mois sa vieille maison au milieu des

prés et des bois; les enfants s'y élevaient gaiement et facilement, soigneusement instruits par
leur père et leur mère, sans dépenses extraordi-
naires ni imprévues, dans les habitudes d'une
simplicité régulière qui n'excluait jamais la
charité. .

Marthe n'avait pas eu d'autre institutrice que
sa mère; les leçons qu'elle avait reçues de son
père la rendaient toujours fière et heureuse. Elle
partageait le soin de l'éducation de ses petites
sœurs. Lorsque le moment était venu de mettre
au collége Robert et Pierre, à peine séparés par
un an de distance, leurs parents avaient hésité.
M. d'Avrigny n'aimait pas les colléges d'internes;
il en connaissait par expérience les inconvé-
nients. Sans expérience, sa femme les redoutait
plus encore. Cependant vivre à Paris pendant dix
mois, y prendre un appartement, y transporter
toute la maison, cela était impossible. Le père et
la mère avaient prié Dieu de les diriger.

« Voilà une réponse à nos prières, mon ami, »
dit un matin Mme d'Avrigny en lisant une lettre.
« Mes parents ont pensé à nos fils, ils ont de la
place à la bibliothèque Sainte-Geneviève, beaucoup trop de place, disent-ils, depuis que Paul
est en mer et que Suzanne est mariée; ils propo-
sent de recevoir chez eux les garçons et de les
envoyer tous les jours à Louis-le-Grand. Mon

père ajoute : « Je n'ai pas tellement oublié Cicéron en lisant du vieux français et du latin barbare, que je ne puisse encore servir de répétiteur à ces messieurs. »

« Comme ils sont bons, n'est-ce pas ? »

Et les yeux de Mme d'Avrigny se remplissaient de larmes.

La tendre prévoyance des grands parents avaient allégé le fardeau ; depuis deux ans, Robert et Pierre travaillaient avec succès au lycée ; leur grand-père, savant professeur, devenu bibliothécaire lorsque ses forces avaient commencé à décroître, rendait bon témoignage de leurs études, et la grand'mère se réjouissait d'entendre des voix jeunes et de voir de joyeux visages autour de sa table, maintenant abandonnée par tous ses enfants. On avait trouvé de la place dans le grand appartement, un peu sombre, un peu délabré.

« J'ai deux bonnes chambres à ta disposition, » avait écrit à sa fille Mme Delbarre. « J'ai même en outre trois nids à rats ; maintenant que Marthe est d'âge à voir quelques personnes, maintenant que tes fils passent dix mois à Paris, il me semble que vous pourriez nous accorder un peu votre société à la fin de l'hiver ; tu amènerais seulement deux femmes ; en vivant ensemble, vous ne dépenseriez pas beaucoup plus qu'à la Chênaie. »

M. et Mme d'Avrigny avaient accepté la seconde invitation comme la première; Marthe
avait commencé l'année précédente à voir un peu
de monde, et ses petites sœurs admiraient beaucoup sa robe de mousseline blanche et ses guirlandes de lierre.

« Personne n'est si jolie que toi, » disait Blanche
de tout son cœur.

La bonne sœur l'embrassait, peu soucieuse
de recevoir d'autres compliments.

On ne quittait pas la Chênaie avant la fin de
janvier, et jamais Mme Delbarre n'avait voulu
permettre à ses petits fils de passer avec elle les
congés de Noël et du jour de l'an ;

« Non, disait-elle, votre mère se sépare de
vous pour votre bien, mais tout son plaisir est
de vous voir revenir auprès d'elle, je suis trop
heureuse de vous sentir tous réunis dans cette
vieille maison que vous aimez tant. »

Le jour du départ, le grand-père glissait toujours dans la main de ses petits-fils l'argent nécessaire pour le voyage :

« Dites à votre mère que j'ai écrit tout exprès
un petit article dans le *Journal des Savants*, » répétait-il.

Robert et Pierre riaient, ils étaient si contents
de partir, avec dix jours de congé devant eux!

M. Delbarre connaissait le proviseur, il était

convenu que les écoliers ne reparaîtraient pas en classe du 24 décembre au 4 janvier.

Ils arrivaient enfin! les cris de Jacques l'avaient annoncé du haut des mansardes, les petites voix joyeuses de Rose et de Blanche le répétaient sur le grand escalier. Mme d'Avrigny et Marthe n'avaient pas crié, elles n'avaient pas appelé, mais elles étaient déjà toutes deux dans le vestibule. La jeune fille toucha doucement la main de sa mère :

« Comme vous avez froid, maman! » s'écria-t-elle.

Mme d'Avrigny se mit à rire :

« Je crois que je les attends bien depuis une heure, dit-elle, et il ne fait pas chaud dans les corridors. »

Il ne faisait pas chaud sur la route. Les petites filles poussaient des cris de joie en voyant les moustaches de leur père chargées de petits glaçons qui fondaient lentement lorsqu'il entra dans le vestibule.

« Vous êtes gelés, mes pauvres garçons, dit la mère, montez vite, la bouilloire est sur le feu, une tasse de thé vous réchauffera. »

Pierre riait :

« Nous ne sommes pas encore tout à fait réduits à l'état de glaçons, mais je crois qu'il faudra mettre Robert dans le four pour le dégeler.

2

Tout le long du chemin, j'ai entendu ses dents qui claquaient, cela faisait une drôle de musique!

Robert se secouait avec un peu d'humeur.

« Ce n'est rien, dit-il, la nuit dernière j'avais trop chaud, maintenant j'ai froid, cela fait équilibre. »

Et il escaladait les marches quatre à quatre, ses deux petites sœurs suspendues à ses mains.

Marthe s'était appuyée sur le bras de Pierre.

« Quel bonheur! te voilà, » disait-elle. « Comme nous allons causer pendant dix jours! »

CHAPITRE II

Déception.

Longtemps avant l'aube du jour, la bougie ou la lanterne à la main, les jeunes gens et les enfants circulaient dans la maison, décorant l'escalier, les corniches, les vieux piliers avec les guirlandes de lierre préparées la veille, attachant d'énormes bouquets de houx dans les encoignures, et des branches garnies de baies au-dessus des tableaux ; une touffe de gui digne des ciseaux d'or des druides avait été fixée au-dessus de la porte du cabinet de M. d'Avrigny. La mère jouissait du repos de Noël, écoutant avec ravissement les pas légers qui circulaient dans les corridors, tressaillant ou souriant quand une chute retentissait sur les marches du vieil escalier, remerciant Dieu dans son cœur de ce qu'elle possédait tous ses enfants sous son toit, bien portants et heureux. Elle avait retenu son mari dans sa chambre :

« Ne sortez pas encore, laissez-les achever leurs préparatifs, » avait-elle dit : « c'est leur plaisir de nous saluer le jour de Noël par les décorations de la maison tout entière. Je ne leur ai jamais dit combien il fallait ensuite de temps et de soin pour déloger de tous les coins les feuilles sèches et les baies écrasées. Il n'y a que Marthe qui s'en rende compte....

— Et Marthe se ferait mettre en petits morceaux pour le plaisir de ses frères? » ajouta M. d'Avrigny qui lisait, au coin du feu, un gros traité de chimie agricole. C'est une bonne fille que notre Marthe. Heureux sera celui qui l'épousera !

— Ne parlez pas de cela, » dit vivement Mme d'Avrigny.

Rose entrait au même moment, trop effarée, trop préoccupée pour crier comme de coutume : « Un heureux Noël, maman, un heureux Noël, du cidre dans la cave et de l'argent dans la pochette ! »

Elle embrassait précipitamment sa mère.

« Maman ! j'ai été chez Robert pour voir pourquoi il ne venait pas décorer la maison avec
nous. Quand je suis entrée dans sa chambre, il
avait les yeux tout grands, bien plus grands qu'à
l'ordinaire, et la figure rouge comme une écre-
visse ! Et il m'a crié :

« Va-t'en, va-t'en, je ne veux pas de toi ici ! »
Je ne comprenais pas, et je me suis approchée
de son lit, alors il s'est caché dans ses couvertures tout en répétant : « Va-t'en ! » et je suis
venue vous appeler ; je ne sais pas s'il est malade,
ou si je lui ai fait de la peine. Il avait l'air très
en colère contre moi ! » Et la pauvre petite commençait à pleurer.

Mme d'Avrigny s'était levée, ses jambes fléchis-
saient sous elle, mais elle hâtait le pas, comme
pressée de courir auprès de son fils.

« Ne pleure pas, » dit-elle à Rose, « reste ici
avec ton père. Je vais revenir.

« Reste ici, » répéta M. d'Avrigny, en passant
son bras sous le bras de sa femme ; ni l'un ni
l'autre n'avaient parlé, seulement tous deux
savaient que leurs cœurs s'élevaient ensemble
vers Dieu pour lui demander de garder leurs
enfants.

Robert était resté enfoui sous ses couvertures
comme s'il avait peur d'une nouvelle invasion

dans sa chambre ; il avait cependant reconnu le pas de sa mère ; lorsqu'il découvrit son visage, l'œil expérimenté du père ne s'y trompa pas un seul instant ; dans sa jeunesse, M. d'Avrigny avait fait ses études de médecine.

« Cet enfant a la fièvre scarlatine, » dit-il.

Déjà Mme d'Avrigny avait secoué le couvre-pied, étiré les draps, replacé les oreillers de son fils ; accroupie devant la cheminée et préparant le feu, elle combinait dans son esprit les arrangements que nécessitait la maladie qui venait troubler la joie de la réunion, menacer peut-être la vie de ceux qu'elle aimait.

« Dieu le veut ! Dieu le veut! » se répétait-elle intérieurement et comme pour imposer silence au trouble de son âme. Lorsqu'elle se releva, un feu clair brillait dans l'âtre, et l'ordre avait succédé au désordre dans la chambre du jeune homme. Comme par enchantement, ses habits avaient repris leur place sur le porte-manteau, ses bottes crottées avaient disparu ; Robert essayait de sourire ; ses lèvres étaient desséchées et brûlantes ; la mère était sortie un instant ; elle rentra portant un petit plateau, de l'eau chaude dans une bouilloire, du sirop de cerise ; un verre, une cuiller ; le malade la regardait faire avec des yeux reconnaissants :

« Comme vous me gâtez, maman ! » dit-il, mais

il se recula lorsqu'elle se pencha vers lui pour l'embrasser :

« Non, » disait-il d'une voix étranglée, « vous ne pourriez plus embrasser les autres ! »

« Les autres pourront s'embrasser entre eux, » dit la mère, et elle attira vers elle le front brûlant de son fils.

« Écoute, dit-elle, tu vas prendre ton parti d'être emporté d'ici, roulé dans tes couvertures comme un ballot au chemin de fer. Tu es malade aujourd'hui ; je n'espère pas, je n'ose pas espérer que tu sois le seul ; aucun d'entre vous n'a jamais eu la fièvre scarlatine. Je ne pourrais pas vous soigner en courant de chambre en chambre, à tous les bouts de cette vieille maison, et vous trouveriez le temps long. Les deux grandes pièces qui donnent dans mon petit salon vous serviront de lazaret. Tu seras le premier en quarantaine. Dieu veuille que vous n'y passiez pas tous ! »

Robert avait écouté avec effort ; sa tête douloureuse et la fièvre qui le dévorait obscurcissaient déjà ses facultés. Il avait bien souffert pendant la nuit tout seul, et depuis deux jours il n'avait dit à personne par quel effort il cachait son malaise croissant, dans la crainte qu'on voulût le retenir à Paris. Il fit un signe d'assentiment aux paroles de sa mère.

« La grande chambre, c'est votre chambre? »
dit-il seulement.

« Oui, » dit Mme d'Avrigny. « Vous y serez
bien. »

Marthe avait senti son cœur se serrer lorsque
sa mère l'avait appelée pour la charger de veiller
aux préparatifs qu'elle venait d'ordonner. Toute
jeune encore, elle n'avait pas pris l'habitude,
qu'impose la vie, de s'occuper des devoirs pré-
sents sans laisser l'imagination s'emporter en
inquiétudes folles. Elle voyait déjà tous les lits
du lazaret remplis par des malades en délire, le
doux visage de ses petites sœurs gonflé par
l'éruption, et sa voix tremblait en indiquant aux
domestiques affairés les feux qu'il fallait allumer, les meubles qu'il fallait enlever, les rideaux
de coton à substituer aux anciennes tapisseries
qui garnissaient d'ordinaire les fenêtres. La
maison était décorée de ses feuillages de Noël,
un air de fête frappait les regards dès qu'on
ouvrait la porte du grand vestibule; on laissait
derrière soi le froid, la bise, la neige; on trouvait le feu brillant et la verdure sur toutes les
murailles, on entendait même les voix des enfants
cantonnés par ordre de leur mère dans les appar-
tements du rez-de-chaussée.

« Jusqu'à ce que je vous le dise, vous ne mon-
terez pas l'escalier, » avait décidé Mme d'Avrigny.

Rose n'avait pas osé monter dans sa chambre
pour y prendre son mouchoir.

« Prête-moi le tien, » disait-elle à Blanche.
Marthe, qui voyait et qui entendait tout, apporta
le mouchoir.

« Es-tu enrhumée? » demanda-t-elle avec
anxiété à Rose.

« Non, non, disait la petite, j'ai seulement
un peu mal à la tête. C'est parce que je me suis
levée de bonne heure! »

Marthe frissonnait.

La journée était déjà avancée, la maison était
chaude, autant que peut l'être une vieille maison
aux longs corridors, aux vastes fenêtres, exposée
aux quatre vents des cieux. M. d'Avrigny et
André passaient lentement dans la galerie, portant dans leurs bras un paquet informe, les
enfants s'étaient rassemblés au pied de l'escalier, Jacques et Blanche riaient :

« C'est Robert! » disaient-ils, « comme il doit
étouffer là dessous! »

— Il faut qu'il étouffe, » disait Pierre, « c'est
plus sain! »

Aucun d'eux n'avait vu les préparatifs du
premier étage. Aucun d'eux ne songeait à la
possibilité de la contagion. Seule, la petite Rose
appuyait sa tête contre la vieille rampe sculp-
tée, une des guirlandes de lierre retombait

sur son front, lui formant une fraîche guirlande.

« Comme tu es rose ! » dit Blanche en riant.
« C'est pour le coup que tu mérites ton nom.

« Papa sera obligé de nous appeler Rose
rose ! » murmurait la petite fille.

Robert était installé dans la chambre de sa
mère ; un lit de fer avait pris la place du vieux
lit orné de sculptures et d'emblèmes coloriés retrouvé naguère par M. d'Avrigny dans les gre-
niers de la maison, un grand rideau partageait
la vaste pièce ; lorsque le malade, lassé par le
trajet, fatigué par la fièvre, jeta enfin les yeux
autour de lui, il fit à son père un signe interro-
gateur.

M. d'Avrigny le comprit et tira le rideau, deux
autres lits semblables au sien occupaient le
fond de la chambre.

« Pauvre maman! « murmura Robert, » elle
s'attend à soigner un hôpital! »

Le père soupira profondément ; dans le secret
de sa pensée, il partageait instinctivement les
craintes et les prévisions de sa femme.

« Compter sur Dieu seul ! » se répétait-il.

Le soir n'était pas encore venu, et Rose ne
voulait plus quitter les genoux de Marthe.

« Je suis un peu fatiguée, répétait-elle, quand
je me serai reposée, je serai tout à fait bien. Je

vais dormir dans tes bras, si cela ne te fatigue
pas, toi, ma bonne Marthe? »

Et la petite fille relevait la tête pour interroger
du regard le visage de sa sœur.

Marthe l'embrassait avec passion. En la serrant contre son cœur, elle reconnut sur le front
et les joues de l'enfant les taches et les points
rouges dont son père avait parlé. Elle enveloppa
sa sœur dans un grand châle jeté par hasard sur
un canapé.

« Heureusement, maman a tout prévu, se dit
elle, et la chambre de grand'mère est prête pour
le dortoir des filles. Seulement.... seulement, » et
Marthe serrait d'avance ses mains dans l'inten-
sité de son désir, « j'espère que maman n'exi-
gera pas que ma petite Rose y reste toute
seule! »

Mme d'Avrigny avait regardé Rose.

« Il faut la coucher tout de suite, » dit-
elle, puis comme ses regards tombaient sur
Marthe:

— Tu ne devrais pas la toucher, mon enfant, »
reprit-elle. « Tu n'as jamais eu la fièvre scarlatine.

— Et vous? » demanda Marthe.

— Moi, je n'en sais rien, je ne crois pas, mais
les mères sont comme les médecins, elles ne sont
pas sujettes à la contagion.

« Vous avez souvent dit que Rose et Blanche étaient mes enfants, » insista la fille aînée.

Les yeux de Mme d'Avrigny se remplissaient de larmes.

« Comme tu voudras, » dit-elle, acceptant simplement le dévouement de Marthe.

Au fond de son âme, elle sentait que toutes les forces des gardes-malades ne dépasseraient pas le besoin.

Rose était dans son lit, souriant faiblement malgré la fièvre, car Marthe lui avait dit bien bas :

« Sois tranquille, ce lit que tu vois là tout prêt du tien est pour moi.

— Il ne faut pas laisser entrer Blanche, » murmurait la petite fille. « Pourquoi y a-t-il encore un autre lit? »

Le lendemain matin Rose sommeillait encore, après une nuit très agitée ; Blanche était déjà installée dans le lit voisin de celui de Marthe. En l'habillant à la lueur d'une bougie, Célestine avait vu le petit cou et les délicates épaules de l'enfant rougissant sous ses yeux. Blanche n'avait pas été souffrante, elle gambadait et riait encore, s'échappant gaiement des mains de sa bonne, mais l'éruption avait paru, gonflant et déformant ses jolis traits.

« Nous voilà déjà coupés par moitié, » disait

Je vais dormir dans tes bras, ma bonne Marthe.

Pierre, on appelle cela des vacances, moi, je dis
que c'est une attrape! Robert dans son lit, Rose
Blanche devenue une rose rouge, maman et
Marthe toujours invisibles! C'est trop fort!

— C'est trop fort! répétait Jacques avec colère.

M. d'Avrigny passait dans la salle basse, où
ses deux fils faisaient mélancoliquement griller
des châtaignes dans les charbons ardents du
large foyer.

« Ce qui serait trop fort, ce serait de murmurer
contre la volonté de Dieu! » dit-il d'une voix
ferme.

Pierre se détourna en passant la main sur
son front.

« Je jurerais bien que mon père avait les
larmes aux yeux! » dit-il tout bas.

CHAPITRE III

Convalescence.

« Au moins vous avez eu le bon sens de tomber malades tous à la fois, » disait, huit jours plus tard, Mme d'Avrigny, circulant d'un lit à l'autre dans les trois chambres dont elle ne sortait plus.

Jacques et Pierre avaient rejoint Robert dans le lazaret; le frère aîné était fier maintenant, car la fièvre allait décroissant; il n'était plus rouge, et ses yeux reprenaient leur gaieté accoutumée.

Le front de la mère restait serein, elle n'apportait jamais auprès de ses malades les inquiétudes qui accablaient son cœur.

3

Marthe n'entrait pas souvent dans la chambre de ses frères confiés exclusivement aux soins du père et de la mère : elle était absorbée par les deux petites sœurs, patiemment soumises à des douleurs rhumatismales qui leur enlevaient complètement le sommeil.

« J'ai trop mal aux bras, » disait Rose.

— Et moi, trop mal aux jambes, » répondait Blanche.

— Ça fait que nous avons mal partout. »

Quand elles essayaient de rire, il leur arrivait quelquefois de se mettre à pleurer, et Marthe avait bien envie d'en faire autant.

Tous les soirs, cependant, elle remerciait Dieu de lui avoir conservé la santé et les forces.

« Que je ne sois pas malade avant la guérison des autres ! » répétait-elle.

« Salle des filles ! » demandait le matin M. d'Avrigny, « comment avez-vous dormi ? »

Le sommeil commençait à reparaître, et les petites sœurs remuaient doucement leurs membres pour s'assurer qu'elles ne souffraient plus.

Marthe ne passait plus toutes ses journées et ses nuits à fabriquer de grands cataplasmes pour envelopper les bras et les jambes de Rose-Blanche. Elle avait apporté le matin même deux petites tasses, toutes petites, avec un *R* sur la tasse rose, et un *B* sur la tasse blanche; les deux

petites tasses étaient pleines de bouillon de poulet, et les petites filles, qui commençaient à avoir
faim, souriaient en regardant leur sœur qui goû-
tait le bouillon et y ajoutait un peu de sel.

« Tu en a mis quatre grains à Rose, » disait
Blanche. « Moi j'en veux cinq grains, parce que
je suis la plus forte. Regarde, Rose ne peut pas
lever sa tête toute seule, et moi, si je voulais,
je sauterais sur mon lit ! »

Marthe riait :

« Il y a trois jours, tu ne pouvais pas te retourner, » disait-elle, mais ses yeux restaient
attachés sur le pâle visage de la petite Rose.

Blanche avait raison, Rose ne pouvait pas soulever la tête.

« Quand je veux me retourner pour te regarder, » disait-elle à sa jumelle, « tout tourne autour de moi, et je vois deux Blanche, deux
Marthe, et je ne sais pas combien de lumières.
Ça fait trop de monde, et j'aime mieux me tenir tranquille. »

Marthe appuyait contre sa poitrine la petite
tête fatiguée.

« Comme il faudra du bouillon de poulet pour
te rendre des forces ! » disait-elle.

Blanche posa sa tasse.

« On appelle ça du bouillon de poulet? J'espère
qu'on n'a pas tué nos poulets blancs et que nous

les trouverons dans la petite cage à droite comme de coutume, » s'écria-t-elle.

Et Rose se mit à pleurer.

« Si l'on a tué mon poulet, je ne veux pas boire et je ne veux pas devenir forte !

— J'aime mieux mon poulet, répétait Blanche, qui pleurait aussi.

Marthe s'agenouilla entre les deux lits.

« On ne fait pas le bouillon de poulet avec des poulets tout petits comme les vôtres, dit-elle, cela n'aurait pas de goût, votre tasse ne contiendrait que de l'eau.... »

Blanche avait recommencé de jouer avec sa cuiller.

« On a pris une vieille poule noire, avec une huppe : elle n'était plus bonne à rôtir, elle ne donnait plus d'œufs, et Jeannette s'en est servie pour faire le bouillon de mes deux petites. Les poulets sont très bien portants ; je les ai entendus caqueter ce matin quand j'ai été à la cuisine. »

Blanche avait avalé le reste de son bouillon.

« Je ne connaissais pas cette poule, dit-elle d'un ton satisfait, mais Rose secouait encore la tête :

— Ce n'est pas bien de tuer les poules parce qu'elles sont vieilles et qu'elles ne peuvent plus servir à rien, il faudrait les soigner et leur donner à manger pour les remercier de leurs œufs, » disait-elle.

Marthe avait cependant réussi à lui faire boire quelques cuillerées, et la petite fille s'était endormie dans ses bras.

C'était dans les yeux de sa mère que Marthe avait lu le danger et la souffrance qui régnaient dans le lazaret des garçons.

Mme d'Avrigny ne la laissait pas entrer.

Le médecin du village venait tous les jours, s'asseyant un instant auprès de chaque lit, tâtant les poignets amaigris, cherchant le pouls, disait-il, pour faire rire les petites filles.

Marthe savait que Pierre n'était plus couché à côté de Robert et de Jacques dans la grande chambre, le cabinet de travail de M. d'Avrigny avait été à la hâte transformé en dortoir; c'était là que le second fils, le frère bien-aimé de Marthe, restait seul, luttant avec la mort, soigné par sa mère, qui ne le quittait plus.

Robert était presque guéri.

Jacques avait subi la contagion très légèrement.

« Vous nous apportez les maladies de votre Paris, disait-il en grognant, heureusement que les constitutions campagnardes s'en moquent! Voyez Marthe qui n'a rien, voyez moi qui n'ai pas grand'chose. »

Et comme on lui rappelait que Rose et Blanche avaient été très malades :

« C'est qu'elles sont trop petites, l'air de la Chênaie n'a pas encore eu le temps de les forti-fier, et, quand elles sont enfermées à la biblio-thèque Sainte-Geneviève, elles deviennent de la couleur du vieux papier ! »

Malgré le plaisir de voir ses grands parents et ses frères, Jacques était toujours de mauvaise humeur lorsqu'on partait pour Paris.

« Tu n'auras pas grand embarras de voyage cette année, disait Robert, nous voilà tous enfermés ici pour six semaines. Et la neige qui tombe, qui est épaisse de cinquante centimètres, sans qu'on puisse seulement faire un géant ou courir en traîneau sur la glace ! J'avais imaginé une voiture qui devait contenir Marthe et les deux petites, et qu'on aurait fait marcher du bout du doigt.

— Écoute ! » dit Jacques en se penchant vers son frère aîné : « pourquoi est-ce que M. Ricard est revenu ce soir ? Pourquoi reste-t-il si long-temps dans cette chambre là-bas ? »

Et il indiquait du doigt le bout du corridor.

Robert était grave.

« J'ai peur que Pierre ne s'en tire pas si vite que nous, » dit-il.

Jacques éclata :

« Ça n'est pas juste ; parce qu'il n'est pas fort, il faut qu'il soit le plus malade ! J'ai entendu

Cela ira, disait M. Ricard d'un ton de triomphe.

dire que les fièvres étaient terribles pour les gens robustes, et qu'alors ils étaient terrassés, couchés par terre, bons à rien. Et voilà Pierre qu'il faut emporter dans une chambre à lui tout seul, parce qu'il radote je ne sais quoi, parce qu'il parle tout haut, qu'il ne peut pas respirer! Je dis que c'est une honte! Et je veux voir mon Pierre, et je vais sortir de mon lit! »

Robert étendait le bras pour arrêter l'écolier; mais les deux lits étaient trop éloignés. Déjà Jacques avait sorti une jambe, lorsque le pas de son père se fit entendre dans le corridor, la jambe rentra d'elle-même sous les couvertures.

Robert riait tout bas.

« Cela ira, » disait M. Ricard d'un ton de triomphe, « cela ira, nous avons tout juste évité la forme typhoïde, tout juste; il n'a plus maintenant qu'à se taire, il a assez dit de bêtises pendant deux jours! Il peut aussi manger et dormir. Et pendant qu'il dormira, faites un peu coucher sa mère. Savez-vous combien il y a de jours qu'elle ne s'est déshabillée? »

La voix du médecin s'éteignait dans le lointain.

M. d'Avrigny l'accompagnait.

« Combien y a-t-il de jours que maman ne s'est déshabillée? répétait Jacques, comme s'il cherchait un problème de mathématiques.

— Onze! dit Robert qui releva la tête. Elle

doit être morte de fatigue, et Marthe aussi. »

— Oh! Marthe a couché dans son lit et dans sa chambre depuis que les petites vont mieux, » dit Jacques. « J'ai entendu maman qui le disait à Célestine. Seulement, pendant qu'elles ne pouvaient pas remuer, elles criaient dès que Célestine voulait les toucher! Elle n'est pas douce comme Marthe! »

Robert répétait :

« Onze jours! Onze nuits! »

Lorsque Mme d'Avrigny entra dans la chambre, son fils aîné la suivait des yeux. Il la trouvait pâle, et puis rouge.

Elle s'assit auprès de son lit, comme ne pouvant plus se soutenir, mais l'éclair de la reconnaissance dans les yeux.

« Pierre est sauvé! » dit-elle bien bas, « comme Dieu est bon!

CHAPITRE IV

Une arrivée.

« Maman, disait Robert, il faudrait vous coucher, et ne plus vous relever pendant huit jours ! »

Sa mère riait :

« Je crois que cela m'arriverait si je me mettais une fois dans mon lit, dit-elle ; à peine si je puis me soulever de ce fauteuil, et cependant quand je suis debout, que vous avez besoin de moi, je ne sens plus ma fatigue, et je vais et viens comme de coutume. Pendant deux jours et deux nuits, Pierre n'a pas cessé de m'appeler, pendant que j'étais à côté de lui. Il ne me reconnaissait pas ! »

Elle cachait ses yeux à ce douloureux souvenir ; un bruit lui fit relever la tête.

La neige était si épaisse que les pas des chevaux et le bruit des roues ne retentissaient plus
dans la vieille cour d'honneur, mais à la porte,
devant le perron, le pavé était dégagé :

« Je ne me trompe pas, s'écria Mme d'Avrigny,
c'est une voiture ; qui est-ce qui peut venir,
avec le temps qu'il fait? On sait bien dans les
environs que nous sommes pestiférés ! »

Elle se soulevait avec peine sur son fauteuil ;
lorsqu'elle s'approcha de la fenêtre, la glace couvrait les carreaux, elle n'aperçut qu'une lourde
voiture, traînée par deux chevaux ; on parlait
dans le vestibule :

« C'est Papillon qui est sur le siège, c'est une
voiture de louage, » répétait Mme d'Avrigny. La
porte s'ouvrit :

Son mari parut :

« J'annonce une visite et j'apporte une ordon-
nance, » dit-il d'un accent joyeux. Et comme sa
femme le regardait avec étonnement :

« Votre mère est là qui vous attend ! » ajouta-
t-il.

Mme d'Avrigny étendit les mains, fit un effort
comme pour courir ; elle trébucha, elle allait
tomber ; son mari la reçut dans ses bras, ses fils
avaient poussé un cri d'effroi.

C'était une lourde voiture traînée par deux chevaux.

« Ce n'est rien, » murmura-t-elle, » la tête me tourne. »

Mais déjà M. d'Avrigny l'avait emportée dans le salon d'hiver, la déposant sur un canapé.

Mme Delbarre avait ôté son chapeau et son manteau, lissé ses boucles blanches; elle avait déjà réchauffé ses mains glacées, elle appuyait sur son épaule la tête de sa fille.

« Ma mère! ma mère! » répétait Mme d'Avrigny : « C'est un rêve, comment avez-vous pu venir? Mais vous devez être si fatiguée, vous aurez eu froid! »

Et elle essayait de se lever.

Mme Delbarre la repoussa doucement :

« Tiens-toi tranquille, dit-elle, je ne suis pas fatiguée, je n'ai pas froid, ton père m'a envoyée dès que son attaque de goutte a été passée, il voulait à tout prix me faire partir plus tôt. C'est moi qui n'ai pas voulu. »

La mère continuait à parler, mais déjà les yeux de Mme d'Avrigny s'étaient refermés.

Elle serrait cependant la main de Mme Delbarre :

« C'est bon! c'est bon », murmurait-elle, « Marthe! »

Et comme sa fille *à elle* apparaissait sur le seuil :

« Ta grand'mère, soigne-la ! »

Elle s'endormait, épuisée par l'inquiétude, et par la fatigue, déposant son fardeau à la vue de sa mère comme un enfant lassé.

Mme Delbarre et Marthe se regardaient, les larmes aux yeux.

« Elle a veillé à tout, elle m'a obligée de me coucher ! Elle a gardé Pierre toute seule pendant qu'il avait le délire ! Elle ne s'est pas déshabillée une seule fois ! »

Marthe s'était agenouillée à côté de sa grand'mère. Elle aussi était fatiguée, maigre, pâle, mais la mère avait tout dirigé, tout ordonné ; elle avait gardé pour elle la pesanteur des inquiétudes et des soins, montrant toujours à son mari et à ses enfants un visage serein. Elle succombait doucement, pleine de reconnaissance, se reposant avec joie dans le sentiment de la présence de sa mère.

Mme Delbarre jeta sur elle un châle.

« Je ne crois pas me tromper, » dit-elle à Marthe dont le regard l'interrogeait : « elle n'est pas malade, elle est épuisée. Si Dieu le permet, elle va se reposer ! »

Et la grand'mère poursuivit de chambre en chambre sa visite d'inspection, souriant aux petites filles qui lui tendaient les bras.

Robert s'était laissé embrasser, mais il avait

retenu entre les siennes les mains de sa grand'-
mère : « Merci ! » disait-il.

En arrivant à côté du lit de Pierre, que Marthe
n'avait pas vu depuis plusieurs jours, les yeux
expérimentés de la vieille femme reconnurent les
traces d'un mal grave, à peine vaincu. Elle s'assit,
croisant ses mains sur ses genoux :

« Je reste ici, mon enfant, dit-elle. Si ta mère dort
encore, et je crois qu'elle dormira, ferme la porte,
baisse les rideaux, et que le silence la repose.

— Les deux petites vont s'endormir aussi, dit
Marthe, elles ne font pas autre chose.

— Tu peux les imiter si tu veux. »

La grand'mère avait baisé les yeux de la jeune
fille.

M. d'Avrigny, pour la première fois depuis
huit jours, arpentait ses champs couverts de
neige, visitait ses bœufs à l'étable et ses moutons
dans la bergerie. Chacun respirait plus librement ;
chacun comptait sur la vieille femme paisiblement occupée à tricoter auprès du lit de son petit-
fils. Dans cette maison éprouvée par l'inquiétude
et la maladie, avait reparu la douce autorité
maternelle. Dans leur lassitude et leur reconnaissance, le père et la mère s'y confiaient sans
réserve, abdiquant joyeusement entre ses mains.

Lorsque M. d'Avrigny parut à table, le teint
excité par le froid, l'air glacial de l'hiver encore

4

vibrant dans sa poitrine, il trouva sa belle-mère assise en face de lui.

« Agnès dort encore, dit-elle ; quand elle se réveillera, elle mangera, et elle ira se coucher. Je passerai la nuit auprès de Pierre. »

Personne ne résista, la grand'mère paraissait infatigable, et naturellement la maîtresse de tous.

Au point du jour, lorsque Mme d'Avrigny, dans sa robe de chambre, la paix dans les yeux, parut à la porte de son fils paisiblement endormi, elle se laissa tomber à côté de sa mère, appuyant la tête sur ses genoux.

« Ah ! que c'est bon de vous avoir ici ! » répétait-elle. Mme Delbarre passait doucement la main sur ses cheveux.

CHAPITRE V

La Réunion.

Mme d'Avrigny et Marthe avaient bravé la contagion qui les avait épargnées ; la jeune fille, moins fatiguée que sa mère qui l'avait constamment ménagée, était cependant languissante comme une fleur qui a manqué d'air ; elle ne mangeait pas, et Mme Delbarre exigeait maintenant qu'elle partageât les longues promenades de son père.

Tous deux parcouraient les bois où les bûcherons avaient recommencé à travailler depuis que les arbres avaient secoué la neige encore entassée sur la terre. Tous les deux suivaient la trace des lapins qui se donnaient rendez-vous sur la pente des collines percées de leurs terriers.

On cherchait la marque des pas des chevreuils, descendant vers la rivière pour y boire.

Le garde avait plusieurs fois cassé la glace du petit ruisseau, il avait aperçu des touffes de poil et des traces de sang qui l'inquiétaient.

« Les braconniers auront tiré un de nos petits jeunes à l'affût, pendant ces nuits de clair de lune, disait-il, ces coquins n'en font jamais d'autre ; un chevreuil est un joli coup de fusil et qui vaut de l'argent. »

Il avait apporté à la cuisine une petite chevrette blessée. Marthe n'avait pas le temps de la soigner.

« D'ailleurs, Martin, disait Robert, elle prendrait la fièvre scarlatine. »

La femme de Martin se chargea de panser l'épaule de la chevrette. La première course de Marthe fut dirigée vers la chaumière du garde.

En rentrant, elle raconta à ses petites sœurs que Mme Martin avait ôté l'oreiller de son lit pour appuyer les membres endoloris de la petite bête ; elle était couchée sur une bonne litière de foin, et elle buvait du lait de la belle vache brune.

Tous deux parcouraient les bois....

« J'aime beaucoup Mme Martin, disait Rose ; quand je serai guérie, je l'embrasserai.

Personne ne voudra nous embrasser ! » Blanche riait à cette idée, « on aura peur de la fièvre scarlatine ! »

« Maman nous embrassera et Marthe aussi ! » insistait la petite fille, et papa et grand'mère, qui est venue de Paris tout exprès. Et puis quand Robert et Pierre seront levés, ils nous embrasseront bien une fois. Jacques n'aime pas qu'on l'embrasse, il s'essuie après, comme s'il était mouillé. »

Blanche répétait :

« Les gens qui viendront auront peur de nous et ne nous embrasseront pas.

— Je crois que personne ne viendra, » disait Marthe.

Le ciel semblait s'être chargé de maintenir le lazaret dans un salutaire état d'isolement. La neige ancienne n'était pas fondue sur la terre, et déjà une épaisse couche de neige nouvelle était venue la recouvrir. C'est un fait rare en Normandie de voir tous les chemins bloqués pendant de longues semaines, les bestiaux renfermés dans des étables insuffisantes, ou errant tristement dans leurs herbages qu'ils ne reconnaissent plus.

Chaque matin, les enfants levaient la tête, entendant grincer les charrettes remplies de foin qu'on portait aux veaux et aux génisses épars dans les prés.

« Maman ! disait Rose, si les veaux avaient la fièvre scarlatine, on ne les laisserait pas coucher sur la neige, n'est-ce pas ? »

On avait été obligé d'ouvrir partout les routes avec un grand traîneau pointu, chargé de pierres, à l'imitation des traîneaux suisses.

« Sans cela, le facteur resterait perdu dans la neige, et nous serions complétement séparés du monde, » disait M. d'Avrigny.

Le froid et la neige retardaient la convalescence des malades ; on n'osait pas faire sortir de leur lit Rose et Blanche, qui restaient bien délicates et sujettes à des retours de rhumatisme.

Jacques passait quelques heures par jour auprès du feu dans le salon d'hiver, il avait été voir ses sœurs, il était entré dans la chambre de Pierre.

Celui-ci dormait et mangeait, mais il était encore trop faible pour s'ennuyer.

Robert et Jacques n'en disaient pas autant ; ils ne pouvaient pas lire bien longtemps, le mal de tête survenait, et d'ailleurs Jacques n'aimait pas les livres et n'y touchait que par obligation pour préparer ses leçons.

M. d'Avrigny l'avait menacé d'une reprise de travail.

« Il est encore trop fatigué, Charles ! » avait dit sa femme.

Le père s'était mis à rire ; il avait voulu faire peur à Jacques, afin de l'empêcher de grogner.

Jacques grognait cependant, Robert bâillait ; Mme d'Avrigny restait languissante et comme accablée par l'atmosphère de maladie qu'elle avait respirée si longtemps.

Elle avait la fièvre presque toutes les nuits, elle mangeait à peine, et la fatigue la retenait dans son fauteuil auprès du feu, les yeux à demi fermés, jusqu'au moment où l'un des convalescents exprimait un désir, lorsqu'il fallait donner un ordre ou écrire un billet.

Elle retrouvait alors toute sa force et sa présence d'esprit, mais pour retomber quand la nécessité disparaissait.

Sa mère la regardait avec inquiétude.

« Si je n'étais pas arrivée, Agnès serait tombée malade à son tour, » écrivait-elle à M. Delbarre, seul avec ses livres et ses vieux amis à la bibliothèque Sainte-Geneviève. « Elle est bien souffrante, et elle se remettra moins vite que ses enfants, Pierre et Rose exceptés. »

Un jour, le temps avait été plus mauvais que jamais, les rafales de neige fouettaient les vitres, poussées par un vent violent qui agitait les arbres dépouillés de feuilles et sifflait dans les

longs corridors. Á l'extérieur, tous les travaux
étaient suspendus, les chevaux se reposaient
dans l'écurie, et la plupart des ouvriers étaient
restés chez eux. Dans la maison, les malades
étaient abattus, les convalescents s'ennuyaient
ou s'impatientaient, les gens bien portants avaient
grand'peine à suffire à toutes leurs exigences et
à combattre la mauvaise humeur qui les gagnait
eux-mêmes. Il était quatre heures, la nuit tombait.

« Si tant est qu'il ait fait jour aujourd'hui, »
marmottait Jacques.

Tout à coup la porte s'ouvrit dans la chambre
des garçons; Mme Delbarre parut, poussa Jacques dans le salon et referma la porte sur lui.

« Couvre-toi bien, mon Robert, dit-elle, s'il ne
fait pas trop mauvais demain, je crois que tu
pourras te lever. En attendant, tu vas recevoir
une visite. »

M. d'Avrigny et André avaient déjà ouvert le
battants de la vieille porte, on entendait grincer
dans le corridor le bruit de lourdes roulettes.
Le lit de Pierre apparut tout enveloppé dans se
rideaux.

Robert poussa un cri de joie :

« Tais-toi, attends, dit la grand'mère, qu
repoussait les meubles. Lorsque les portes furer
soigneusement refermées, le feu ranimé dans l

cheminée et la tasse de bouillon fumant sur un petit plateau, Mme Delbarre écarta les rideaux des deux lits.

« Vous pouvez vous regarder, maintenant, » dit-elle. « Pierre, prends vite ton bouillon. Robert a encore meilleure mine que toi. »

Robert contemplait son frère avec des yeux humides ; ni l'un ni l'autre ne parlaient ; ils se retrouvaient ensemble, sauvés, convalescents, bientôt rendus à l'activité et aux espérances de la jeunesse ; dans le fond de leur cœur, les deux jeunes gens remerciaient Dieu.

La grand'mère avait ouvert la porte du salon. « Jacques ! » dit-elle. L'écolier dormait à demi, lassé par l'ennui ; il s'étirait en grommelant, lorsqu'il aperçut le lit de Pierre.

« Il y a bien des rideaux par là, » s'écria-t-il ; il voulut courir, il était faible encore et trébucha ; lorsqu'il tomba sur l'oreiller de son frère, Pierre se pencha vers lui et l'embrassa doucement. Jacques ne réclama pas.

« Je vais vous proposer une chose, messieurs et mesdames, » commença Mme Delbare ; elle regardait autour d'elle, sa fille et sa petite-fille étaient debout auprès de la porte, contemplant les trois garçons.

« Puisque nous sommes en quarantaine et que, par la bonté de Dieu, il n'y a plus chez nous de malades proprement dits, je serais d'avis de nous amuser un peu. Nous n'avons pas un seul livre nouveau assez divertissant pour de faibles esprits comme les nôtres, alanguis par la fièvre plus ou moins scarlatine; il me semble que nous pourrions raconter des histoires, inventer des jeux et nous livrer généralement à la dissipation. C'est dans ce but que j'ai ramené Pierre au milieu de la civilisation. Grâce à la situation et à la forme du salon rond, les deux salles du lazaret peuvent communiquer ensemble; toutes les portes bien ouvertes, les rideaux des lits bien relevés, les convalescents et les gardes-malades commodément installés auprès du feu, je crois que nous entendrons tous les récits ou les lectures originales. Oui, Jacques, si tu as quelque poème dans ton pupitre, tu peux le produire, je crois aussi que nous oublierons le temps qu'il fait dehors pour nous souvenir seulement de la bonté de Dieu qui vous a tous gardés, mes enfants, mes chers enfants! »

Les yeux de la grand'mère étaient remplis de larmes.

Mme d'Avrigny s'était levée, baisant en passant le front de sa mère. Elle abaissait les rideaux devant les grandes fenêtres.

Marthe avait allumé une grosse lampe et deux petites: chacune des *salles* était éclairée par un

lumignon, soigneusement caché aux yeux délicats, éclairant cependant les blanches couvertures des lits.

La mère avait ouvert une petite armoire.

« Je propose, dit-elle, pour inaugurer nos plaisirs, que nous retournions au grand amusement
de notre enfance respective, et que nous fassions
une belle partie de loto-dauphin !

— Oui, oui, le loto-dauphin ! » crièrent tous
les enfants.

Rose et Blanche étaient assises dans leur lit,
enveloppées de ces petits manteaux destinés aux
malades qu'on appelle en Angleterre des *nightingale* en souvenir du dévouement de Florence
Nightingale aux blessés et aux malades.

« Grand'mère, disait Blanche, pourquoi ap-
pelle-t-on ces petits cadres avec leurs trous et
leurs piquets un loto- dauphin ?

— C'est un jeu qui a été inventé pour le dauphin, le fils de Louis XV, dit Mme Delbarre, et
comme on n'avait pas oublié les terribles ba-
tailles qui avaient failli perdre la France bien peu
d'années auparavant, on a mis, comme princi-
pales figures, Mme de Marlborough sur sa tour,
et Marlborough lui-même avec son page. L'invention des ballons commençait, et le ballon a fait
son apparition à côté des petits dauphins d'i-
voire. On perdait et l'on gagnait beaucoup d'ar-

gent au loto-dauphin à la cour du roi Louis XV.

« Vos jeux sont prêts? Commençons, je vais tirer les numéros.

« Mesdames les payeuses, à votre poste!

« Ne donnez pas quatre jetons pour une ambe, Mademoiselle Marthe. « N° 36! »

CHAPITRE VI

Le Palais des Singes.

La partie de loto-dauphin avait été longue et animée, on avait beaucoup ri, un peu crié parce que Rose avait eu deux fois de suite Mme de Marlborough, le plus important des numéros, la plus profitable des chances.

Jacques grognait un peu parce qu'il n'avait pas gagné, mais le progrès était grand cependant sur l'humeur de la veille et sur celle de la matinée. L'heure du dîner arrivait, on avait recommencé à se mettre à table; Marthe et les parents ne prolongeaient pas beaucoup leur repas; on

avait fort à faire dans le lazaret avant d'avoir
terminé les préparatifs de nuit, arrangé tous les
lits, accompli toutes les ablutions.

« Quelle bonne idée vous avez eue, ma mère, »
disait Mme d'Avrigny tout en jouant négligemment avec un morceau de poulet que Marthe
avait mis sur son assiette, « voilà les enfants
lancés à s'amuser au lieu de se lamenter, j'ai
entendu tout à l'heure Rose qui demandait à sa
sœur si les enfants devaient aussi raconter des
histoires ou inventer des jeux ; et je suis presque
sûre que Robert médite un roman dont il nous
fera part un de ces jours.

— Il était temps d'imaginer quelque chose pour
s'arracher à l'ennui, dit M. d'Avrigny, si vous
n'aviez pas été si souffrante, je vous aurais déjà
proposé de lire tout haut, » ajouta-t-il en s'adres-
sant à sa femme, « mais je craignais de vous
fatiguer, et j'ai pensé d'ailleurs que mes livres
n'amuseraient guère Rose-Blanche. »

Sa femme souriait :

« Si je n'avais pas été si bête en ce moment, je
n'aurais pas laissé à ma mère la peine d'organiser jusqu'à nos amusements, dit-elle, mais
je me laisse faire comme une petite fille ; autrefois, quand nous étions malades, Paul, Suzanne
et moi, nous étions convenus qu'il valait la peine
de tousser un peu et même d'avoir la fièvre pour

posséder maman à nous tous seuls, et pour nous
faire raconter des histoires. Je vote pour une
histoire demain, une histoire de *ma maman à
moi*. »

La grand'mère se mit à rire.

« Il y a longtemps que je n'ai raconté des histoires d'enfants, dit-elle ; à Paris, quand on n'est
pas malade, on n'a pas de temps, et par bonheur
vous vous êtes toujours bien portés à la bibliothèque Sainte-Geneviève. C'est égal, en frottant
les vieux cuivres, on les rend encore brillants.
Nous verrons demain à la chute du jour. »

La neige tombait moins épaisse, et le grésil,
qui avait longtemps frappé les toits et les carreaux, s'était métamorphosé pendant la nuit en
une couche de givre qui couvrait les arbres et
les plantes de millions de diamants.

Jacques contemplait par la fenêtre les sapins
étincelants sous le soleil d'hiver, les lauriers
garnis d'une frange argentée, et les longues ave-
nues des bois s'ouvrant comme un palais des
fées ; il soupirait en pensant aux plaisirs qui lui
échappaient.

« Quand ces terribles six semaines seront pas-
sées et que je pourrai sortir, il pleuvra à torrents,
vous verrez cela ! » disait-il avec humeur.

Mais le soleil avait disparu, descendant comme
une boule enflammée dans le ciel froid de l'hiver,

la nuit venait rapidement, quelques étoiles commençaient à paraître; on criait du fond des lits :

« Fermez les rideaux! Marthe, allume donc les lampes!

— Non, grand'mère n'a pas besoin de lumière pour raconter une histoire! »

— Mais moi, je veux travailler, disait la jeune fille, qui circulait dans le salon et dans les deux salles du lazaret, ranimant les feux, secouant les oreillers, étirant les couvertures. La lampe était sur la table, sous les vieux portraits de famille qu'elle éclairait doucement.

Mme Delbarre tricotait.

Contre son habitude, Mme d'Avrigny ne raccommodait pas les chaussettes de son mari ou de ses fils.

« Depuis quinze jours, papa est le seul qui eût pu les déchirer, » disait Marthe moitié gaiement, moitié tristement.

Elle avait caché le panier à ouvrage de sa mère, qui était contrainte de se reposer.

La grand'mère riait de tous les préparatifs et de l'attente des jeunes visages.

« C'est une histoire pour les petits, dit-elle. J'ai pensé à cela un jour que nous étions au Jardin des plantes, votre grand-père et moi. Il avait besoin de causer avec son vieil ami, M. Chevreul, nous ne l'avions pas trouvé chez lui, et comme il faisait beau, nous sommes revenus chez nous à pied, tout doucement, en faisant d'abord un tour dans le jardin; nous nous sommes arrêtés devant le palais des singes, et votre grand-père riait comme un enfant en regardant leurs grimaces. Moi je pensais aux enfants, ce qui m'arrive très souvent, peut-être à quelques-uns des miens, » ajouta-t-elle en regardant Jacques avec une douce malice, « et j'ai fait dans mon esprit une petite histoire ou plutôt le plan d'une petite histoire qui m'est revenue à l'esprit cette nuit. Je croyais ce jour-là que je ne viendrais pas à bout de ramener votre grand-père à la maison, tant il s'amusait devant le palais des singes.

— C'est comme cela que s'appelle l'histoire, n'est-ce pas, grand'mère? demanda doucement la petite Rose. »

Mme Delbarre sourit, elle ôta ses lunettes, les aiguilles de son tricot ralentirent leur mouvement, elle commença:

« C'était un jeudi, il y avait beaucoup de monde au Jardin des plantes, on rencontrait des maîtres promenant une pension tout entière, et qui s'arrêtaient devant les tigres et les lions; on apercevait des nourrices et des bonnes qui entouraient la fosse des ours, tenant les petits enfants dans leurs bras, au risque de les laisser tomber et de les voir manger par les terribles animaux.

« Oui, ma petite Blanche, tu ouvres de grands yeux effrayés, mais cela est arrivé plusieurs fois; il n'y a pas bien longtemps encore, un pauvre petit garçon est tombé dans la fosse aux ours. La foule a poussé un tel cri que les ours ont eu peur et se sont d'abord réfugiés dans leur niche; quand ils sont sortis tous les deux en se balançant sur leurs grosses pattes, un de leurs gardiens s'était résolûment laissé glisser dans la fosse; il tenait le petit enfant dans ses bras, et les ours n'ont pas osé l'approcher, mais ils étaient si fort en colère et ils grondaient si bruyamment que tout le monde s'est sauvé, et quand le brave gardien est arrivé en haut de sa corde, il n'a plus trouvé que la mère du petit garçon, à genoux par terre, pleurant et priant Dieu.

Mais le jeudi dont je vous parle, les ours étaient de bonne humeur, et personne n'était tombé dans leur fosse; comme de coutume, une grande foule était rassemblée autour du palais des singes. Le temps était beau, l'air du printemps léger et doux; on avait laissé sortir la plus grande partie des singes. On les regardait sautant, gambadant, se poursuivant de cordage en cordage, ou de balançoire en balançoire. Un petit garçon de six à sept ans les contemplait

les terribles

s de grands
sieurs fois;

ue pauvre
aux ours.

urs ont eu
leur niche,
se balan-

leurs gar-
r dans la

ras, et les
s étaient

fuyam-
quand le

corde, il
garçon, à

eu.

les ours
n'était

ttie, une
u palais

du prin-
r la plus

ait sau-
dage en

site. Un
templait

Un de leurs gardiens s'était résolument laissé glisser dans la fosse.

avec une attention toute particulière. Il donnait la main à une petite fille qui pouvait avoir un an de moins que lui. Derrière eux, leur père tenait dans ses bras un enfant de deux ans qui riait et bavardait à sa manière; un autre petit garçon et une autre petite fille étaient suspendus aux pans de son paletot. En voyant la petite bande qui s'approchait du palais des singes, deux ouvriers qui regardaient aussi leur avaient fait place :

« Tout ça à lui ! » avait dit l'un des hommes, « pauvre mère ! »

« La mère des petits enfants n'était pas là.

« Albert, disait l'aînée des filles, Albert, regarde donc ce gros singe noir qui est là-bas ! C'est le plus drôle, il fait tout le temps d'affreuses grimaces !

— Tu les fais comme lui ! » ajouta-t-elle en regardant son frère avec effroi.

Pendant qu'il contemplait les singes, Albert avait eu l'idée d'imiter leurs grimaces, et celles qu'il faisait étaient si horribles que la petite Marguerite quitta sa main et se rapprocha de son père.

Albert regardait toujours.

Le gros singe noir était assis sur une balançoire, se laissant négligemment aller au mouvement des cordes; tout à coup, avec la rapidité de l'éclair, il descendit de son poste d'observation, courant vers un petit macaque tout jeune encore qui brandissait avec triomphe un morceau de pain qu'un enfant lui avait jeté. D'une main, le gros singe saisit son petit compagnon et lui arracha son pain ; de l'autre, il lui appliqua une grêle de soufflets ; le petit macaque se défendait de son mieux, mais le singe noir l'avait repoussé avec violence et il avait regagné sa balançoire, grignotant le pain, lorsque Albert, qui tenait dans sa main une provision de noix sèches, en jeta deux au milieu des singes qui sautaient ou couraient sur le sable fin. Les plus agiles se disputaient la conquête ; le singe noir, évidemment le plus fort de toute la bande, glissait déjà le long d'une corde ; mais les heureux possesseurs des noix ne l'avaient pas attendu, ils se sauvaient en criant, courant tout autour de la corniche, grimpant, descendant, s'élançant de poutre en poutre et de mât en mât.

Toute la foule des humains regardait en riant ; tous les singes criaient et couraient ; le tyran ne pouvait pas poursuivre à la fois ses deux victimes, il avait choisi une petite guenon jaune clair, très vive, très leste, qui se retournait parfois pour lui faire des grimaces. Lorsqu'elle se vit enfin sur le point d'être atteinte, la malice l'emporta sur la gourmandise ; elle laissa tomber la noix au milieu de la foule des singes : l'un d'eux s'en saisit, et comme son ennemi s'approchait d'elle, accroché par les mains à une longue planche, elle leva les deux bras en l'air pour montrer que la prise avait disparu. Le singe noir poussa un cri de rage, et s'élança sur la petite guenon pour la battre, mais elle avait glissé le long d'un mât ; les deux noix étaient cassées, épluchées, mangées ; tous les singes parlaient à la fois.

Albert poussa un soupir de satisfaction. Il n'avait rien dit, il n'avait pas ri ; il semblait prendre fort au sérieux la lutte du gros singe, tyrannique et égoïste, avec la multitude de ses subordonnés.

« Albert, » disait son père, « viens-tu, mon garçon ? J'ai des billets pour l'intérieur, et nous allons voir les ouistitis. »

Les petites filles sautaient de joie, elles avaient souvent entendu parler des jolis petits singes que les dames portaient quelquefois dans leur manchon ; Albert se rappelait que, dans sa première enfance, sa mère l'appelait quelquefois : « Mon ouistiti ! » Mais ce jour-là il était sérieux, ce qui ne lui arrivait pas souvent. La méchanceté et l'avidité du singe noir lui avaient fait une impression pénible, sans bien savoir pourquoi. En imitant les grimaces du singe, il semblait que

le petit garçon eût eu conscience qu'il avait souvent imité ses actions.

Le gardien avait ouvert la porte des galeries
intérieures ; le petit enfant, toujours porté dans
les bras de son père, avait caché sa tête, effrayé
par les cris et repoussé par l'odeur des cages. Les
deux petites filles et leurs frères n'y pensaient
guère, ils avançaient résolûment dans le corridor, cherchant les niches où se tenaient les
ouistitis, au fond de la longue salle, enveloppés
dans d'épaisses couvertures, et soigneusement
préservés de tout courant d'air. M. Centenier
s'arrêta devant la maison des ouistitis.

« Regarde, Paul, » disait-il, et le baby avait
consenti à relever la tête, il tendait ses petites
mains aux jolis animaux qui sautillaient dans
leur cage, tendant, eux aussi, les mains à travers
les barreaux pour quêter des raisins secs ou des
bonbons. Marguerite s'amusait à les voir éplucher
soigneusement leur nourriture.

« Quand Élise fait un pudding, » disait-elle,
« je l'aide quelquefois à ôter les pépins des raisins : les ouistitis font tout de même.

— Seulement ils jettent la peau après l'avoir
sucée, ça n'est pas propre du tout, » disait gravement Suzanne, et Jean répétait : « Ça n'est pas
propre ; si Jean faisait ça, maman pas contente. »

Un cri aigu partit d'un coin de la cage : un

des ouistitis avait trempé ses raisins dans la petite jatte de lait, puis, saisi d'une idée nouvelle, il avait bu le lait avec triomphe. Son petit compagnon, jaloux de suivre son exemple, avait saisi la jatte à son tour : plus une seule goutte de lait, le gourmand avait tout avalé.

Marguerite rougit de mécontentement.

« Papa, » disait-elle, « ne pourrait-on pas demander au gardien de donner un peu de lait à ce pauvre petit qui n'a rien ? »

Et comme son père, qui l'écoutait à peine, avait fait un signe d'assentiment, elle courut vers le brave gardien, assis dans un fauteuil de cuir auprès de la fenêtre :

« Monsieur, » dit-elle, « il y a un des ouistitis qui a bu tout le lait ; quand l'autre a voulu boire à son tour, il n'y avait plus rien. Si vous aviez encore un peu de lait ici, je vous donnerais bien mes deux sous pour que le pauvre petit puisse avoir sa part. »

Et elle cherchait son porte-monnaie dans sa poche.

L'homme s'était levé en riant. Il regardait successivement tous les pots rangés sur une étagère. Dans le dernier, tout au fond, se trouvaient quelques gouttes de lait. Le gardien s'avança vers la cage et, profitant du moment où les petits singes, sérieusement brouillés, se trouvaient aux

coins les plus éloignés de leur demeure, il laissa
tomber une planche qui coupait le logis en deux.

« Voilà, » dit-il : « maintenant, mademoiselle,
vous pouvez servir votre petit protégé. Sans cela,
l'autre, qui est le plus fort, se serait approprié la
seconde ration de lait, ou bien ils l'auraient
répandue en se battant. »

La petite fille, souriante et confuse, passa la
main par la petite porte, mais le ouistiti avait
peur en voyant tant de visages collés contre le
grillage ; il s'était réfugié sur sa petite balançoire et secouait les cordes de ses mains délicates.

« Laissons-le un moment tout seul, » dit le
père, et il entraîna ses enfants vers l'autre côté
de la cage.

Le petit gourmand s'appuyait violemment
contre la planche de séparation, criant avec
colère.

Dès qu'il aperçut les enfants, comme s'il avait
deviné que son châtiment avait été infligé à leur
requête, le ouistiti s'élança contre les barreaux,
les injuriant dans son langage. Suzanne avait
peur et se pressait contre son père, Marguerite
et Albert riaient ; tout à coup, le petit singe, glis-
sant sa main entre les barreaux, saisit la guirlande de bluets qui garnissait le chapeau de
Marguerite, et, tirant de toutes ses forces, il arra-

cha deux ou trois fleurs. L'enfant était étonnée, désolée des éclats de rire de ses frères et de ses sœurs.

« Ton chapeau est joli, maintenant, » disait Albert ; « je ne sais pas comment nous pourrons passer dans la rue sans qu'on se moque de nous ! »

Marguerite se mit à pleurer.

« M. Centenier avait posé le baby par terre, il avait ôté le chapeau de sa petite fille, et cherchait à réparer ou à cacher le dégât. La tendre maladresse de son père arracha Marguerite à son chagrin ; elle s'aperçut bien vite que ses grandes mains aggravaient le mal.

« Attendez, papa, » dit-elle, « je vais l'arranger moi-même. »

Quelques bluets attirés hors de leur place, deux ou trois autres repoussés comblèrent à peu près le vide.

« On ne voit plus rien, » disait Suzanne d'un ton consolant, « ton chapeau a seulement l'air qu'on s'est assis dessus. »

Marguerite fit un vigoureux effort pour contenir ses larmes.

Albert était redevenu rêveur.

En regardant la cage des ouistitis, maintenant rendus à leur communauté d'habitation, il avait vu le petit voleur des bluets secouer triompha-

lement la guirlande, sautant et gambadant, san
vouloir partager sa prise avec son compagnon
Le petit garçon ne parla ni dans la rue ni dan
l'omnibus.

Le soir, comme la mère, faible et fatiguée, s
penchait successivement sur les petits lits, aprè
avoir écouté les prières de ses enfants, Alber
l'attira dans ses bras, l'obligeant presque
poser la tête sur son oreiller.

« Maman, » dit-il bien bas, « est-ce que je sui
égoïste et méchant avec les petits? »

Mme Centenier écoutait avec étonnement.

Albert était généralement assez entêté et satis
fait de lui-même.

« Est-ce que je leur prends leurs affaires, est-c
que je les bats? » reprit l'enfant.

Cette fois, sous cette forme plus familière, i
n'avait pas besoin de réponse; il rougit et cach
sa tête dans ses couvertures. Mme Centenier s'é
tait agenouillée auprès du lit; elle ne pensai
plus à son mari, à sa mère qui l'attendaien
dans le salon; elle attendait les confidences d
son petit garçon. Albert restait toujours enfou
dans ses oreillers, enfin il se retourna brusque
ment et, passant les bras autour du cou de sa
mère :

« Maman, » murmura-t-il, « je ne veux plus faire
comme le gros singe noir et le petit ouistiti; ils

sont tous pareils, aussi méchants l'un que l'autre. Je n'abuserai plus de ma force avec Suzanne et Jean, comme vous dites quelquefois que je fais. Je ne veux pas ressembler aux singes! Non, je ne veux pas leur ressembler, même si je fais des grimaces comme eux! »

L'enfant s'était mis à pleurer, mais le cœur de sa mère chantait de joie; elle l'embrassa long-temps en silence :

« Que Dieu te fasse la grâce d'accomplir ta réso-lution, » dit-elle, « et je te bénirai toute ma vie de ce que tu as vu aujourd'hui dans le palais des singes! »

Mme Delbarre se taisait, souriant gaiement aux yeux amusés de sa fille.

« Vous n'avez pas perdu votre talent pour tirer une morale des plus petites histoires, ma mère, » dit-elle. « Je me demandais si vous alliez nous donner une leçon d'histoire naturelle sur les singes, mais je ne m'attendais pas à ce que les ouistitis fussent les prédicateurs. »

Rose riait, assise dans son lit; elle n'était décidément ni le singe noir ni le ouistiti voleur.

Blanche avait un peu rougi.

Jacques appuyait ses deux coudes sur la table.

Il avait ri des courses des singes, mais ses sourcils s'étaient froncés au récit de la pénitence

d'Albert; sa mère évitait de le regarder. Elle avait
plus d'une fois été obligée d'intervenir lorsqu'il
voulait imposer sa volonté aux petites jumelles.
Au bout d'un moment cependant, passant derrière
lui pour baisser le verre d'une lampe qui filait,
elle se pencha vers l'écolier toujours sombre :

« Brusque quelquefois, tyrannique souvent,
égoïste et gourmand, non ! » dit-elle à son
oreille.

Jacques se retourna, regarda sa mère avec
reconnaissance et rentra précipitamment dans la
salle des hommes.

La cloche du dîner venait de sonner, les plateaux se préparaient dans la salle à manger, les
malades commençaient à reprendre de la nourriture.

« Comme c'est amusant d'entendre raconter des
histoires ! » disait Rose; « maman, demain ce
sera votre tour?

— Nous verrons, dit Mme d'Avrigny, j'ai
aussi toutes sortes de jeux en tête, mais il faut
attendre encore quelques jours, jusqu'à ce que
vos intelligences soient un peu plus brillantes.
Alors, quand vous serez levés et que nous pourrons nous réunir autour de la table, nous nous
amuserons aux jeux écrits.

— Oui, oui, » crièrent les enfants, « et vous joue-
rez, maman, grand'mère et papa aussi. »

Mme d'Avrigny se retourna vers le lit de Pierre, et elle soupira. Bien des jours devaient s'écouler avant que ce fils chéri pût s'asseoir à ses côtés dans le salon d'hiver.

CHAPITRE VII

En mer, histoire d'un mousse.

Robert s'était levé, malgré le mauvais temps qui continuait, malgré le froid qui se promenait autour du lazaret comme un ennemi vigilant, cherchant par quelle poterne il pourrait pénétrer dans la citadelle. Mme d'Avrigny le tenait en échec à force de bourrelets autour des portes et des fenêtres, de ouate dans les fentes des vieilles boiseries, de grands feux dans les cheminées.

« Ce sont des bûches de Noël que vous brûlez là, maman, » disaient les enfants lorsqu'ils la

voyaient porter avec peine jusqu'au foyer la moitié
d'un tronc d'arbre.

« Mon Noël a été triste, » disait-elle, « c'est le
premier jour de votre maladie et de mes inquiétudes ; nous n'avons pas pensé au jour de l'an,
Marthe et moi..... »

Les deux jumelles s'assirent tout à coup sur
leur lit :

« C'est vrai, nous l'avions oublié ; nos étrennes
à nous, nous les aurons, vous nous l'avez promis ;
mais les grands paniers du vestibule, où tous
les petits enfants trouvent quelque chose quand
ils viennent nous souhaiter la bonne année,
qu'est-ce qu'ils sont devenus ? Qui est-ce qui les
a arrangés ? Qui est-ce qui a fait choisir les enfants ? »

Les petites filles étaient désolées et inquiètes
comme si elles avaient manqué à la plus importante tâche de leur existence.

La mère sourit, un peu tristement.

Le soir du jour de l'an, les enfants étaient si
souffrants, elle était si fatiguée et si préoccupée
qu'elle avait eu grand'peine à retenir ses larmes
au souvenir de la gaieté ordinaire en ce jour.

« Nous avons chargé André de donner deux
sous à tous les enfants qui viendraient, dit-elle ;
mais très-peu de gens sont venus, la neige tombait à flots, les chemins n'étaient pas pratica-

bles, et d'ailleurs, même à la campagne, on a peur de la fièvre scarlatine. »

Les deux petites sœurs causaient ensemble à demi-voix.

« Quand nous serons tout à fait guéries, » disait Blanche, « nous chercherons, dans nos armoires et dans les caisses de nos poupées, toutes sortes de petites choses, et nous irons à l'école pour les donner aux enfants qui n'ont rien eu au jour de l'an. ».

« Un beau tas de chiffons ! » disait Jacques ; la dignité de ses sœurs ne leur permit pas de répondre.

Robert était assis au coin de la vaste cheminée, dans un grand fauteuil, une couverture sur les genoux.

Il s'étonnait de sa propre faiblesse et de la maigreur de ses membres. Il avait aperçu son visage dans le miroir de Venise suspendu au dessus du foyer.

« J'ai été bien malade, maman ? » demanda-t-il subitement à sa mère.

« Très malade, » répondit-elle. « Pierre l'a été cependant plus que toi.

— Et les petites ?

— Elles ont beaucoup souffert du rhumatisme, mais elles n'ont pas eu le délire. »

Le grand frère se pencha vers Mme Delbarre.

Il regardait à travers la porte ouverte les lits des deux jumelles.

« D'ici, Blanche me semble avoir repris bonne mine, dit-il. mais est-ce que je me trompe, ou Rose a-t-elle vraiment l'air d'un petit oiseau transi de froid? »

La grand'mère baissa tristement les yeux.

Pour la première fois, la différence entre les deux petites sœurs était frappante.

Robert s'appuyait contre le manteau de la cheminée :

« Je ne veux pas penser au nombre de compositions que nous allons perdre.

« Pierre n'a plus chance du prix de Pâques, et moi j'aurai tout un bout du cours à refaire seul. Pourvu que je m'en tire! Heureusement je suis eune et je suis né au mois de janvier, ce qui me donne un an de plus, mais je ne voudrais pas être refusé, pas même la première fois. Ce serait une honte pour mon oncle Paul! »

Mme Delbarre sourit.

« Quand ton oncle est entré le second à l'École polytechnique, tu sais bien qu'il était très jeune; son père ne voulait pas le laisser tenter l'examen, j'avais été d'un avis contraire. « Il s'enhardira, pensais-je, et la seconde fois, il sera en possession de toutes ses facultés.

« Il a toujours dit qu'il avait passé par raccroc,

par une bonne chance, qu'on lui avait posé toutes les questions qu'il savait le mieux, et que, ce jour-là, ses doigts et son cerveau travaillaient tout seuls. Mais je n'oublierai jamais la joie et l'étonnement de son père quand nous avons su son rang.

— Et vous, grand'mère? » crièrent à la fois tous les enfants.

—Oh! moi, » dit Mme Delbarre en souriant, « je savais mieux que personne ce que valait mon Paul. »

Les yeux de Robert cherchaient ceux de sa mère comme pour lui demander si elle éprouvait à son égard quelque chose de la joyeuse confiance qui animait en ce moment le regard et le teint de la grand'mère. Mme d'Avrigny fit un signe de tête.

Comme son oncle Paul, Robert voulait être marin au sortir de l'École polytechnique.

« C'est une histoire de Paul que je vais vous raconter, » dit Mme d'Avrigny que ses petites filles tourmentaient depuis une heure *pour commencer la soirée.*

« Mais, Robert, ne seras-tu pas fatigué, pour ton premier jour, si tu restes debout si longtemps? Ne veux-tu pas te coucher avant que nous fassions nos arrangements pour la vie sociable? »

Robert souriait :

« Je crois bien que je n'aurai pas horreur de mon lit. Il me semble que je suis levé depuis trois jours. »

Marthe regarda la pendule.

« Il n'y a pas beaucoup plus de trois heures, » dit-elle.

Mme d'Avrigny avait déjà dégagé les jambes de son fils des couvertures qui les enveloppaient, elle s'était chargée des oreillers et soutenait ses pas chancelants.

« C'est la seconde fois que vous m'apprenez à marcher, » disait Robert en riant.

La mère serra son bras avec tendresse.

« S'il plaît à Dieu que je devienne vieille, dit-elle, tu auras plus d'une fois la peine de m'aider à marcher.

« Quand je reviendrai de mes voyages, » reprit le futur marin, « je passerai tout mon temps à la Chênaie, et je ne vous quitterai pas un seul jour. »

Mme d'Avrigny soupira.

Elle pensait à son père et à sa mère seuls maintenant; leurs enfants avaient fondé loin d'eux leur foyer.

« Je vous ai tous autour de moi, et j'en jouis passionnément, » dit-elle, d'une voix ferme, « mais je sais que le jour viendra où vous me quitterez. Je le supporterai alors, avec la grâce de Dieu. »

Robert était couché, s'étendant délicieusement dans son lit, et riant de la jalousie que ses hauts faits inspiraient à Pierre.

L'heure était venue de fermer les rideaux, les enfants avaient conçu un sentiment très vif pour « le moment des mères, » comme ils appelaient la séance des histoires et des jeux. C'était une consolation à la fin d'une longue journée de reclusion et de faiblesse. Mme d'Avrigny bénissait l'heureuse invention qui égayait tous les visages, à l'heure la plus triste du jour, lorsque la nuit tombait et que le vent s'élevant sifflait tristement sur les monceaux de neige.

« Votre histoire ! maman ! votre histoire ! » criaient tous les enfants.

« Robert, tu n'es pas encore marin, et Paul n'est pas là pour m'écouter, dit Mme d'Avrigny. J'en suis bien aise, car mon récit d'une aventure de mer pourra bien contenir quelques erreurs qui feraient rire les gens expérimentés. Pour vous, mes petits, cela m'est bien égal, vous ne vous en apercevrez seulement pas. C'est votre oncle Paul qui m'a raconté cette histoire. Il en a connu le héros.

« C'était dans la mer Méditerranée, je crois ; vous savez qu'avec son air tranquille et ses vagues bleues, elle est souvent très méchante. Quand la tempête la soulève, elle fait rage tout aussi bien

que l'Océan, et elle a englouti bien des navires. Un
jour, après un ouragan affreux qui avait vu périr
une quantité de barques de pêche, un petit brick
de commerce à moitié démâté flottait lentement ;
personne ne se trouvait sur le pont, et le navire
semblait abandonné au gré des flots. Ils étaient
seuls d'ailleurs à contempler le spectacle, en
compagnie des mouettes qui rasaient l'eau de
leurs ailes blanches ; il n'y avait pas en vue une
seule île, un seul rocher ; pas un bâtiment ne
traversait la vaste étendue des mers.

Si les mouettes avaient eu de bons yeux, elles
auraient cependant pu voir sur le pont du navire,
au milieu des débris, des voiles déchirées et des
cordages brisés, un petit garçon de douze ou
treize ans, naguère le mousse du brick, maintenant la seule créature vivante qui pût encore
se mouvoir à son bord. L'enfant regardait la mer
redevenue calme après ses fureurs ; il regardait
les vagues comme s'il leur demandait compte du
sort de ses compagnons balayés, les uns après
les autres, du pont du navire, précipités par le
vent du haut des vergues tandis qu'ils exécutaient
la manœuvre. Comme il contemplait la vaste
étendue des eaux, une voix faible mais résolue
l'appela nettement :

« Yvon ! » disait cette voix, « Yvon, m'en-
tends-tu ? »

Un petit garçon de douze à treize ans, naguère le mousse du brick.

Le mousse avait entendu, et il descendait pré-
cipitament les marches du petit escalier de bois.
Dans la cabine étroite et incommode qui abritait
naguère le capitaine du navire, était étendu un
matelot, le visage bronzé par le vent de mer ; son
front était enveloppé d'un linge sanglant, il re-
posait sa tête endolorie sur un oreiller étroit
et dur qu'Ivon avait enlevé au hamac du capitaine.

« Yvon ! » répétait le blessé, « que dit la mer ? »
Le mousse décrivit de son mieux la position
du vent et l'apparence du ciel ; le marin écoutait,
l'air inquiet et préoccupé : il se souleva par un
violent effort, parvenant à se mettre sur son
séant, pâle et les yeux hagards.

« Aide-moi, Yvon, » dit-il ; « si toi et moi, nous ne
périssons pas sur cette pauvre coquille de noix, il
faut que nous ayons l'œil au guet ; je ne puis pas
me tenir debout, et je ne pourrais pas attacher
une corde pour sauver ma vie, mais je connais
ces parages-ci comme la baie devant mon village, et je te dirai comment il faut gouverner. »

Yvon aimait le matelot ; les deux Bretons s'é-
taient rapprochés l'un de l'autre au milieu d'un
équipage recueilli dans toutes les nations. Ils parlaient ensemble du pays, et personne ne les entendait, car leur langage bas-breton était inconnu
à leurs camarades.

« Adam et Ève le parlaient déjà dans le Paradis, » disait Yvon avec colère lorsque les matelots, grecs pour la plupart, se moquaient d'un patois qu'ils appelaient barbare.

Alain riait; il parlait tous les dialectes des côtes de la Méditerranée, et se faisait comprendre partout où touchait le navire :

« Laisse-les donc tranquilles, disait-il au mousse, s'ils savaient comme notre breton est doux à ceux qui l'aiment, ils voudraient tous l'apprendre, et nous ne pourrions plus nous dire nos secrets.

Les deux Bretons étaient libres de se dire leurs secrets, car ils étaient désormais seuls sur le brick. La mer avait épuisé sa furie sur le petit navire; Alain lui-même avait été frappé à la tête par une vergue brisée au moment où les plis flottants de la voile entraînaient par dessus le bord le capitaine étourdi, aveuglé par l'écume; Yvon, petit et frêle, avait été jeté deux fois par terre, il ne s'était pas blessé, et ses faibles mains avaient entouré le front d'Alain d'un gros mouchoir.

Lorsque le matelot évanoui avait ouvert les yeux, il avait vu le pont presque rasé, et autour de lui la solitude; c'était par instinct et pour faire plaisir au petit mousse qu'il avait consenti à descendre dans la cabine; maintenant c'était on tour de sauver la vie à Yvon. Sa force avait disparu, ses robustes bras étaient inutiles, il ne pouvait se soutenir sur ses pieds, à peine relever la tête. Seules, son intelligence et sa volonté restaient lucides et fermes.

« Je commanderai, et tu feras la manœuvre, » avait-il dit à Yvon.

Le mousse ne demandait qu'à obéir.

Deux jours s'écoulèrent ainsi; le temps était redevenu beau; sous la direction d'Alain, Yvon avait dirigé la marche du petit navire, bouchant à grand'peine quelques voies d'eau, et préparant un peu de nourriture pour le malade. Quant à lui, le mousse se contentait de manger un biscuit lorsqu'un moment il pouvait s'arrêter dans ses occupations diverses; la nuit il fallait veiller. Yvon était déjà bien fatigué.

Le jour reparaissait lorsque Alain appela l'enfant à haute voix :

« Écoute, » dit-il, et comme s'il commandait à un équipage tout entier, « je vais mourir, et si je ne meurs pas, je vais déraisonner. Dans une heure, je n'aurai pas mon bon sens. Tu feras exactement ce que je vais te dire; ne passe pas ton temps à pleurer, » ajouta-t-il, les yeux brillants de fièvre, en regardant le visage bouleversé de l'enfant, « sans quoi tu seras perdu et le navire aussi. C'est ton affaire de le ramener

à Marseille, puisque le bon Dieu t'a laissé e
vie pour cela ».

Et il ajouta des détails minutieux sur la direc
tion du bâtiment.

Yvon écoutait, d'abord presque sans entendre
frappé enfin de l'idée du devoir, et passionné
ment saisi du désir de sauver la vie de son fidèl
compagnon. Il se mit à genoux à côté du blessé
les deux mains dans sa main brûlante :

« Par l'aide de notre Seigneur et de saint
Anne d'Auray, » dit-il, « je ramènerai le navire
à Marseille et toi aussi ».

Alain sourit tristement.

« Tu me déposeras en terre sainte », murmura-t-il.

La fièvre avait conquis sa proie ; Alain ne s'é-
tait pas trompé sur les symptômes qui le mena-
çaient. La blessure qu'il avait subie, l'effort terrible qu'il avait fait pour remonter sur le pont
et pour diriger le travail d'Yvon avaient amené
une congestion au cerveau. Pendant des jours
interminables dans la pensée du mousse, pendant des nuits plus longues encore, les cris ou
les gémissements du malade accompagnèrent
partout les mouvements de son jeune compagnon.

Yvon s'asseyait de temps en temps auprès de
lui, changeant les compresses mouillées qu'il

plaçait sur sa blessure, les imbibant d'eau de vie coupée d'eau douce, rafraîchissant souvent ses lèvres desséchées, et l'abritant de son mieux sous une tente de toile à voiles contre les ardents rayons du soleil. L'enfant maigrissait à vue d'œil, personne ne le voyait, personne ne pouvait lui venir en aide. Seul, Dieu le gardait; Yvon le sentait; il priait bien souvent dans son cœur.

Alain n'avait pas retrouvé ses sens, et le petit mousse, toujours exécutant les ordres qu'il avait reçus, avait jusqu'alors réussi à guider le navire sans encombre; il savait cependant que la terre approchait, il lui semblait qu'il devait bientôt se rapprocher du port, mais le ciel se couvrait de nuages, le temps était orageux et lourd, le matelot était étendu par terre, sans voix et sans force, rougissant et pâlissant tour à tour. Un murmure inarticulé s'échappait de ses lèvres. Yvon se pencha sur lui :

« Pauvre Alain, disait-il, reverra-t-il sa mère et sa *pennerez?* »

L'enfant avait relevé la tête; non loin de lui, à l'horizon, il crut apercevoir une voile. Depuis longtemps, un marin plus expérimenté qu'Yvon l'aurait cherchée dans cette direction. Le mousse n'avait pas pu retrouver la longue vue du capitaine. Sans doute, il la tenait à la main lorsqu'il avait été emporté par la mer.

Cette fois, Yvon ne se trompait pas, et l'espérance du secours commençait à lui saisir le cœur. Il était déjà tard, le jour déclinait ; le mousse avait peur de voir disparaître le vaisseau sans que les marins lointains pussent apercevoir son léger navire. A grand'peine, car ses membres étaient affaiblis par la fatigue et le besoin, l'enfant parvint à arborer les pavillons dont le petit brick se parait aux jours de fête ; au-dessus de tous et destiné à attirer le premier l'attention, Yvon avait accroché un habit noir qu'il avait trouvé suspendu à un porte-manteau dans la cabine du capitaine. « Le pauvre commandant ne le portera plus, pensa-t-il, et d'ailleurs il l'aurait bien donné pour sauver Alain et le navire : c'était un brave homme, le commandant. »

Sur la frégate *la Victorieuse*, détachée de l'escadre d'évolution, les officiers regardaient à travers leurs lunettes le petit bâtiment dont l'allure leur avait dès l'abord paru étrange. Ils examinaient les pavillons, y cherchant un langage bien connu des marins expérimentés, mais qu'ignorait le pauvre petit mousse. Lorsque l'habit du capitaine parut au-dessus de tous les autres, flottant étrangement auprès des restes du grand mât, le lieutenant posa sa longue vue pour se mettre à rire.

« Qu'est-ce que c'est que cette loque qu'ils ont

pendue là-haut? » disait-il, « et que veut dire cet imbécile de caboteur? »

Le capitaine de la frégate regardait toujours.

« Je ne comprends pas la marche du bâtiment, dit-il, mais ce que je sais bien, c'est qu'il fait des signes de détresse et que nous allons à son secours.

— Mais, capitaine, » hasarda le lieutenant, « vous deviez rejoindre l'amiral à la pointe du jour, ceci peut nous faire manquer le rendez-vous !

— Que m'importe le rendez-vous, » s'écria le capitaine assez prompt à s'emporter, « croyez-vous que je vais voir couler un navire avec des hommes à bord, sans lui porter secours, pour tous les amiraux et toutes les escadres qui soient au monde? Ne voyez-vous pas que ce sont des Français? Le pavillon tricolore flotte à côté de cette loque que vous ne reconnaissez pas.... ni moi non plus, » ajouta plus bas le capitaine.

Cependant la *Victorieuse* s'avançait rapide et fière, au secours du malheureux navire et de son mince équipage. Elle semblait fendre les flots comme un oiseau immense. Yvon, debout sur le pont, sans force et presque dépourvu de senti-ment par l'excès de la fatigue et de l'inquiétude, contemplait de tous ses yeux la délivrance qui s'approchait. Il conservait encore les pieux

instincts de son enfance et de son pays ; ses mains
étaient jointes, il priait Dieu de ne pas permettre
que l'espoir lui fût tout à coup enlevé.

« Si la frégate virait de bord, » pensait-il, « je
me coucherais à côté d'Alain et je ne me relève-
rais plus ! »

L'enfant tendait les mains vers la *Victorieuse :*
« Viens ! viens ! » disait-il.

Le vaisseau approchait :

« Ohé, là-bas du brick ! » commençaient à héler
les matelots.

Yvon essaya de répondre, sa faible voix se
perdait dans le bruit des vagues et du vent.

« Ils sont donc muets là-bas ! » disait-on sur le
pont de la frégate.

Un canot se détacha de ses flancs, six hommes
y descendirent, commandés par le lieutenant en
second ; lorsque les marins abordèrent le petit
brick, leur étonnement fut si grand qu'un même
cri s'échappa de toutes les bouches.

« Tu es tout seul à bord, petit moussaillon ! »

Yvon montrait Alain étendu sur le pont, les
yeux ouverts et marmottant des paroles entre-
coupées, toujours sans connaissance et dévoré
par la fièvre :

« Non, je ne suis pas seul, » dit-il, « voilà mon
matelot qui m'a dit ce que je devais faire pour
la manœuvre tant qu'il a pu parler !

« Et depuis quand ne parle-t-il plus? » demanda l'officier.

Yvon regardait le ciel et la mer comme pour y chercher le compte des jours écoulés dans cette terrible angoisse.

« Je ne sais plus si le soleil s'est couché sept ou huit fois, » murmura-t-il.

Les rudes marins essuyaient leurs yeux du revers de la main ; le lieutenant tendit la sienne au mousse :

« Tu es un brave petit garçon ! » dit-il. « Comment as-tu navigué depuis que ton matelot a le délire ?

— Quand il a senti que sa tête partait, » reprit Yvon qui s'était laissé retomber à terre, « il m'a dit comment je devais diriger le navire, en me défendant, sur ma part de Paradis, de lui désobéir en rien. Je ne lui ai pas désobéi, mon lieutenant, vous pourrez bien le lui dire. »

L'enfant était épuisé, à peine pouvait-on distinguer ses paroles ; sur un signe de l'officier, le blessé et le malade furent tous les deux soigneusement déposés au fond de la chaloupe ; deux matelots restèrent à bord du brick.

« Voilà l'équipage, mon capitaine, » dit le jeune lieutenant en abordant la frégate. Il montrait de la main Alain et Yvon. Le mousse semblait expirant comme le matelot.

Alain fut bientôt guéri de sa fièvre cérébrale, et la cicatrice qui traversait son front paraissait la seule trace des dangers qu'il avait courus, mais Yvon restait délicat et faible. L'épreuve qu'il avait si vaillamment supportée, l'effort de courage, de vigueur, de patience qu'il avait dû faire pour diriger le navire et pour sauver son camarade semblaient avoir épuisé toutes les forces de son âme et de son corps. Le matelot ne quittait pas l'enfant; le bruit de leur aventure s'était répandu, et, dans l'hôpital maritime où ils avaient été portés, les visites et les faveurs leur avaient été prodiguées. Yvon répétait cependant tristement:

« Si je me guéris, je ne me guérirai qu'en mer! »

Il était orphelin et n'aspirait pas, comme Alain, à retourner en Bretagne.

« J'ai été élevé dans un hôpital, » disait-il quelquefois, « et je vais mourir dans un hôpital! » Alain le grondait :

« Tu es bon à mieux que ça ! » disait-il.

Le petit mousse n'avait aucun sentiment de son héroïsme; il se sentait toujours bien fatigué.

Enfin, un matin, le préfet maritime de Toulon envoya à Yvon une grande lettre qui venait d'arriver de Paris. Le capitaine de la *Victorieuse* et ses officiers avaient raconté la rencontre qu'ils avaient faite en mer d'un brick avarié dirigé par un enfant, qui soignait en même temps un blessé. Le ministre de la marine avait été frappé du récit.

« Cet enfant fera un jour un bon officier, » dit-il, « nous l'élèverons pour servir la France. »

Yvon ne savait pas lire et ne comprenait pas la communication officielle.

Alain la lui expliqua de son mieux.

« Ça veut dire que le pays se charge de faire de toi un homme, et que tu le lui rendras un jour. »

Yvon écoutait sans comprendre.

« Oui, » reprit Alain, « on t'enverra au Bordat, à Brest, quand tu en sauras un peu plus long que tu ne sais à cette heure, et là on t'instruira avec les officiers. »

Le mousse avait saisi un seul mot :

« Officier ! » répétait-il, « officier ! »

Et regardant au loin l'escadre avec l'élan d'une ambition tout à coup développée :

« Un jour, s'il plaît à Dieu et à Notre-Dame d'Auray, je voudrais commander la *Victorieuse !* »

Madame d'Avrigny se tut, mais ses enfants écoutaient encore.

Robert, les yeux brillants fixés sur sa mère, souriait parfois lorsqu'un terme de marine mal à propos appliqué choquait son oreille ; il s'enivrait en silence de la noble contagion du courage et de la force. Pierre, Jacques et les deux petites filles avaient les yeux pleins de larmes.

« C'est bête de pleurer, » pensait Jacques, « puisqu'ils ne sont pas morts, et que mon oncle Paul a connu Yvon. »

Mais la faiblesse de la convalescence avait gagné tous les cœurs; Mme Delbarre essuyait ses lunettes.

« Mon fils, » dit-elle à Robert, « je te souhaite ce mousse-là pour ton commandant à ton premier voyage ! »

Le futur marin inclina la tête, Marthe avait passé son bras autour de son cou.

« Ah ! cette mer, cette mer ! » murmurait-elle.

Robert regardait sa sœur, répondant à ses caresses comme aux paroles de sa grand'mère. « Yvon pour capitaine, dit-il, et mon oncle Paul pour amiral ! »

CHAPITRE VIII

Les Jeux.

M. d'Avrigny avait promis de raconter une histoire; Pierre, dans son lit, avait demandé du papier et un crayon; il griffonnait quelques pages que sa mère s'était engagée à lire tout haut; Robert écrivait aussi son récit, Marthe riait quand on lui demandait si elle ne contribuerait pas pour sa part à l'amusement général.

« Je n'oserai jamais donner un papier à maman ou à grand'mère en disant : « Voilà une histoire de moi, lisez-la, » dit-elle; « il me semble que

nous pourrions jeter nos manuscrits dans un
boîte, la boîte aux lettres du vestibule par
exemple ; maman a la clef, elle l'ouvrirait et ell
lirait le premier papier qui lui viendrait sou
la main.

— Mais nous n'aurions que nos histoires
nous, » objectait Pierre, « et ce serait moin
amusant que le récit des mères ou celui d
papa ! »

Mme Delbarre se mit à rire, levant les yeu
d'un gros paquet de papiers qu'elle tenait à l
main et que le facteur avait apporté le mati
même.

« Quand vos histoires seront prêtes, dit-elle
nous y pourrons mêler quelque chose de notr
cru ; j'avais prié votre grand'père de cherche
dans un portefeuille où je serrais les souvenir
de mes enfants, et il m'a envoyé ce matin de
histoires écrites autrefois par votre mère, pa
votre oncle Paul et votre tante Suzanne, quan
ils avaient à peu près votre âge, ou plu
tard, » ajouta-t-elle malicieusement en regar
dant Mme d'Avrigny qui rougit.

Pendant les premières années de son mariage
lorsque ses enfants étaient encore petits, ell
s'était souvent amusée à écrire des contes qu
leur étaient destinés. Elle les avait oubliés
Mme Delbarre avait tout gardé.

« Voilà des provisions pour nous amuser, » disait-elle.

Jacques regardait par la fenêtre ; un immense tapis blanc s'étendait encore sur les prés et les bois.

« Il n'y a rien à faire dehors pour les gens qui peuvent s'enrhumer, » dit vivement sa mère, et nous ne sommes qu'à moitié de la quarantaine. Prends ta patience à deux mains, mon garçon ! Je ne laisserai pas un seul de vous sortir de la chambre avant les six semaines révolues. C'est le vieux système, je veux bien, mais je l'ai vu trop souvent couronné de succès pour risquer par imprudence de vous voir enflés comme des hydropiques. »

Jacques soupirait.

« C'est dur pour ceux qui n'ont pas même atteint la couleur d'une crevette ! » murmurait-il. « Si j'avais été un homard comme Robert et Pierre, je ne dis pas. »

Sa mère se pencha vers lui, regardant tristement Pierre qui écoutait, la tête appuyée sur une main décharnée.

« Pierre est encore bien faible, » dit-elle tout bas, « et il souffre plus qu'il ne dit. »

L'écolier sentit le reproche ; au fond de son âme, il était reconnaissant envers Dieu. Il se détourna de la fenêtre.

« Si nous faisions quelque chose? » s'écria-t-il.

Rose et Blanche avaient demandé de la lumière : Marthe avait placé entre leurs deux lits une petite table, elle avait allumé une lampe de porcelaine rose, toute petite aussi, garnie d'un joli abat-jour ; les domestiques l'appelaient toujours la lampe des poupées, à la grande indignation des deux jumelles qui l'avaient reçue de leur grand'mère comme présent du jour de l'an. Les petites filles tenaient chacune un crayon; leurs prétentions s'étaient élevées jusqu'à un encrier, mais leur sœur s'était moquée d'elles.

« Et que deviendraient vos beaux draps neufs? Nous ne pourrions jamais enlever toutes les taches que vous y feriez bientôt.

— Maman! » criaient les petites filles, « est-ce que nous ne pourrions pas jouer à un jeu? Vous aviez promis de nous apprendre le jeu des *conséquences;* nous ne savions pas encore écrire l'année dernière quand vous y avez joué avec les grands au jour de l'an! »

Mme d'Avrigny embrassa doucement ses petites filles, Rose passait ses bras autour du cou de sa mère :

« Nous n'écrivons pas encore très bien », dit-elle à demi-voix.

— Marthe lit très bien ce que nous écrivons, » assurait Blanche.

Rose et Blanche avaient demandé de la lumière.

« Les *conséquences!* les *conséquences!* » criaient les grands garçons.

On distribua à la ronde des feuilles de papier; il fallait de longs préparatifs pour permettre à Pierre de prendre part à l'amusement général. Les pauvres mains étaient encore si faibles, la toux si fréquente, le front si aisément baigné de sueur!

« C'est égal, disait-il, mes griffonnages vaudront bien ceux de Rose-Blanche.

« Blanche, Blanche, » criait étourdiment Jacques. » Il n'y a plus de Rose du tout ».

Marthe lui fit signe de se taire. La petite fille pinçait ses joues de toutes ses forces.

« Me voilà Rose! j'espère! » disait-elle.

Sa mère apportait au même instant une tasse de bouillon.

« Ceci vaut mieux que tes cosmétiques, » dit-elle en riant.

— Qu'est-ce que c'est qu'un cosmétique? »

Et la petite fille jouait avec sa cuiller tout en buvant.

« Un moyen de mettre des couleurs sur des joues pâles, » riposta Mme d'Avrigny. « Prends garde, tu vas laisser couler ton bouillon!

— Mon crayon! mon crayon! »

Et Rose s'asseyait sur son lit, étalant sur un livre sa feuille de papier.

« Maman, nous commençons ; une, deux,
trois ! »

On écrivait en silence ; les petits doigts des
jumelles se crispaient dans leurs efforts pour
rendre leur écriture lisible ; déjà six fois les
papiers avaient été échangés, mêlés dans une
corbeille placée sur la table et tirés au sort ;
dernière ligne était enfin tracée, comme M. d'A
vrigny entra dans la chambre, stupéfait du
calme qui y régnait.

« On ne raconte donc pas d'histoire aujour
d'hui ? demanda-t-il. Je suis las de piétiner dan
la neige, et je venais me reposer en écoutant.

— Vous pouvez vous rendre utile ».

Et sa femme lui présentait le panier dan
lequel toutes les compositions étaient rassem
blées.

« Lisez-nous tout haut les *consequences* ».

Un cri s'éleva, poussé par Jacques au coin du
feu, par Pierre dans la salle des hommes, par
Rose et Blanche dans leurs lits.

« Papa ? non, pas papa ! il ne saura pas lire
nos écritures ! »

M. d'Avrigny avait déjà repoussé la corbeille
en souriant :

« Des hiéroglyphes au crayon ! merci bien !
Vous êtes la fille de votre père, et vous pouvez
vous charger de les déchiffrer.

Blanche était un peu choquée du ton méprisant de son père. Le souvenir d'une certaine phrase qu'elle n'avait pas pu relire elle-même lui imposa silence.

Mme d'Avrigny avait déplié le premier papier :

« M. Thiers et ma grand'mère sont allés se promener au lac d'Enghien, pour manger des nids d'hirondelles, ils ont attrapé une souris blanche, il en est résulté un homme de neige ! »

« Au lac de quoi ? » demandaient les petites filles. « Où est le lac d'Enghien ? »

Mme Delbarre riait :

« Quand votre mère était petite, nous allions quelquefois le dimanche nous promener au bord du lac d'Enghien ; elle n'a pas été élevée à la campagne comme vous.

— C'est vrai, pauvre maman ! » et les jumelles embrassaient leur mère pour la consoler des privations de son enfance.

Elle riait et tenait une seconde feuille de papier :

« André et l'impératrice de Russie ont été à Sébastopol pour manger une soupe aux chandelles ; ils ont gagné un coup de soleil, il en est résulté un mariage ».

« André a une femme ! » criait Jacques.

Marthe faisait la grimace.

8

« Qui est-ce qui a osé parler d'une soupe aux chandelles? »

Mme Delbarre avait souri tristement :

« Mon père m'a souvent raconté qu'en 1815 quand les Cosaques sont venus en France, ils volaient les chandelles chez les épiciers, et quand ils étaient trop pressés pour faire leur soupe, ils mordaient dessus à belles dents! »

Un cri d'horreur partit de tous les coins du lazaret.

« Grand'mère, ne dites pas de ces choses-là! »

On continuait à lire; les folies, les sottes rencontres, les coïncidences bizarres faisaient éclater de rire les enfants. Deux fois, les petites jumelles avaient rougi, car leur mère avait échoué dans ses efforts pour déchiffrer leurs griffonnages, et elle leur avait silencieusement passé le papier.

Rose secouait la tête :

« Je ne sais pas ce que nous avons pu mettre là, » disaient-elles.

Mme d'Avrigny avait été obligée d'inventer une *conséquence*.

La pile des papiers était devenue énorme, « pliés comme des porte-soies! » disait la grand'mère.

« Autrefois, chez mes parents, comme ils étaient trop pauvres pour rien perdre, on nous donnait les pages des vieux livres des comptes, et nous écrivions en travers par-dessus les journaux de commerce. »

Mme d'Avrigny riait, elle déplia une des feuilles de papier sur lesquelles on venait de griffonner.

« J'ai déchiré un vieux livre de laiterie, dit-elle, le bas des pages était encore blanc. « C'est le progrès de la civilisation ! »

M. d'Avrigny examinait les pages de quiproquos.

« Si vous jouiez maintenant à un jeu sensé ! » dit-il. « Je propose le jeu des mots, et je donne tout de suite *Prédestination !* » — Il n'y a qu'un *é*. Papa, il n'y a pas d'*l*, il n'y a pas d'*m*. Nous ne trouverons presque rien. »

« *Constitutionnellement !* » cria Mme Delbarre.

On se rallia avec acclamation à la nouvelle idée.

Rose et Blanche conférèrent ensemble à voix basse.

« Maman, nous qui sommes petites, est-ce que nous pourrions avoir le dictionnaire pour nous aider ?

— Cela ne vous servira à rien ! » disaient les grands.

Mme d'Avrigny avait jeté sur le lit de Blanche un petit dictionnaire diamant.

« Je vous préviens qu'on n'a qu'un quart d'heure, » dit-elle. « La pendule vient de sonner cinq heures et demie. »

Il était six heures moins un quart, toutes les têtes étaient encore baissées ; Mme d'Avrigny se leva sans donner le signal, elle s'était approchée du lit de Pierre :

« Lisez tout doucement! » dit-elle à demi-voix, « dans notre grand silence, ce pauvre garçon s'est endormi. »

La main du jeune homme tombait sur son papier, mais, en le regardant dormir, le cœur de la mère se gonflait de reconnaissance. Il était assurément moins pâle, ses lèvres retrouvaient leur coloris accoutumé.

« Comme je vais le soigner, quand il sera enfin hors de son lit! » pensait-elle.

M. d'Avrigny avait battu tout le monde, il avait trouvé cent sept mots.

« Si vous ne nous aviez pas limités à un quart d'heure, » disait-il à sa femme, « j'en aurais bien deux cents. »

Rose et Blanche s'étaient laissées retomber sur leurs oreillers avec désespoir.

« Nous aurions eu deux heures que nous n'en aurions pas écrit davantage! » disaient-elles. « C'est un jeu trop difficile, et le dictionnaire ne sert à rien! »

Pour les consoler, il fallut faire quelques tours de *corbillon*. Rose avait appelé Marthe.

« Je t'en prie, » disait-elle, « cherche dans la poche de ma robe brune, celle que nous mettions avant d'être malades. Il y a un petit papier rose dans une enveloppe verte. C'est une liste de mots en *on*. Je l'ai faite un jour qu'il pleuvait et que nous ne pouvions pas sortir. Il y en a trois cent quatre-vingts plus que papa n'avait trouvé de mots dans son constitutio.... constitutionnellement.... C'est ça, je ne pouvais pas le retrouver.... Ma bonne Marthe, as-tu ma liste? »

Les robes brunes avaient été décousues, nettoyées, rallongées ; la liste avait disparu, Célestine jetait au feu les papiers et quelquefois des trésors plus précieux encore, quand elle les rencontrait dans les poches des petites filles.

« Nous avions trouvé nos mots dans le dictionnaire, » disait Blanche, » nous les trouverons bien une seconde fois, ils ne sont pas allés se promener dans la neige ! »

Rose regrettait toujours sa liste.

« C'est une très mauvaise habitude de Célestine! répétait-elle. « C'est comme ça qu'elle m'a brûlé une lettre de maman! La seule que j'aie jamais reçu !

« On met ses lettres dans son tiroir! » disait Jacques.

« Et le tiroir est un beau spectacle! »

Mme d'Avrigny passait souvent l'après-midi du samedi à mettre un peu d'ordre dans les chambres de ses enfants. Pour le moment, elle ramassait les papiers, les plumes et les crayons épars, tout en vendant et en achetant une quantité innombrable de *corbillons*. L'imagination du public commençait à s'épuiser.

« Ceci est plus fatigant que de marcher dans la neige! » disait M. d'Avrigny. On avait sonné la cloche du dîner, Marthe proposait de jouer aux *héros*.

—Ce sera pour un autre jour, » dit Mme Delbarre qui s'était levée, piquant ses aiguilles à tricoter dans son peloton. « Les *héros* et les *bouts rimés!* »

Les garçons protestaient hautement.

« Les tiens seront les meilleurs, Pierre. »

Et la grand'mère baisait le front du jeune homme qui venait de se réveiller.

« Vous êtes bien insultante pour moi, ma mère! » M. d'Avrigny réclamait en riant.

« Demain, » dirent les enfants, « il faudra tirer au sort une histoire! Les jeux sont très-amusants, mais c'est très fatigant aussi! »

« On peut tirer tout ce qu'on voudra, » déclara Robert, « mon histoire n'est pas prête, elle ne le sera pas de sitôt. J'ai commencé dans le grand style, mais je n'ai plus d'idées.

« Ni moi non plus! ni moi non plus! » disait-on dans tous les coins.

« J'ai bien fait de recourir au vieux porte-feuille! » disait Mme Delbarre. « Nous pêcherons là dedans au hasard. »

CHAPITRE IX

La Chasse aux fougères.

« Je crois que vous avez un peu aidé le sort, ma mère ! » s'écria Mme d'Avrigny lorsqu'elle vit apparaître à côté des lunettes de la grand'mère un petit cahier recouvert de papier bleu, soigneusement et délicatement orné de jolis dessins à la plume.

Les enfants se pressaient autour de la table pour regarder ; Blanche avait pour la première fois remis une robe, elle n'était pas faible et ne se trouvait pas fatiguée de son expérience. Depuis plusieurs jours déjà, elle aurait pu recouvrer sa

liberté, mais, instinctivement, sa mère avait
retardé le moment de constater la différence
entre les forces de ses deux petites filles ; Rose
n'avait pas même demandé à se lever. Marthe
lui apporta le joli petit volume.

« C'est tante Suzanne qui a dessiné cela, j'en
suis sûre ! » s'écria l'enfant.

Tout le monde avait déjà reconnu la main habile et le malicieux talent qui avait couvert la première page d'une touffe de grandes fougères,
peuplée de visages gais ou tristes, horribles ou
charmants. Sous une feuille à demi repliée, la
petite tête de Rose tout enfant apparaissait à côté
de Blanche.

« Ma pauvre Suzanne ! » disait la mère, « elle
n'a guère le temps de dessiner des fougères
maintenant, et je ne sais pas s'il y en a beaucoup
dans les environs de Lyon ! En tout cas, elles
doivent être bien abîmées par le brouillard et la
fumée.

« S'il y en a, Suzanne les a trouvées ! » dit
Mme d'Avrigny, « ceci a été écrit en plaisanterie
et pour se moquer d'une de mes premières pas-
sions quand je suis arrivée en Normandie, mais
elle était aussi ardente que moi à fouiller dans
les haies. Permettez-moi de faire la lecture, ma
mère, j'aime à tenir ce petit cahier. Il me rap-
pelle tant de souvenirs ! »

« Depuis trois jours, on prenait tous les matins des boîtes de sept lieues, on mettait des sabots ou des caoutchoucs, on se chargeait de paniers et d'outils de tout genre ; deux enfants avaient même suspendu des hottes à leurs petites épaules ; chacun prétendait rapporter des champs et des bois une moisson de plantes inconnues qui devaient se développer dans le nouveau jardin. L'installation de la maison était à peu près achevée, autant du moins que cela était possible dans une demeure très ancienne, dont les portes et les fenêtres fermaient à peine, et lorsqu'on était décidé à dépenser très peu d'argent ; sur cet argent rien n'avait été réservé pour le jardin. On n'avait ni graines ni boutures.

« Nous ferons le jardin le plus original et le plus pittoresque du monde, » avait dit la jeune maîtresse du lieu, « nous réunirons autour de nous toutes les belles plantes sauvages du pays. Quand nous aurons des anémones, des violettes, des primevères, des muguets au printemps, avec des jacinthes, des perce-neige et des crocus, des digitales, des églantiers, des clématites, personne ne pourra nous dédaigner, surtout si nous mettons partout des fougères ; les vieux ouvriers m'ont dit que mon beau-père en avait autrefois la passion, et qu'il en avait trouvé dans les bois quatorze ou quinze variétés ! »

« Mais il les laissait dans les bois ? » suggéra
une petite voix maligne, celle de la jeune sœur.

Mme Agnelet se retourna vivement.

« Tais-toi, Lilie, tu n'auras pas une seule
feuille de fougère pour parer ta chambre
Paris, si tu dénigres les bois, la campagne e
tout ce que j'aime déjà ici. »

Lilie n'osait pas répondre, elle prit une truelle
qu'elle brandit résolûment en l'air.

« Christophe Colomb a mis plus de trois jour
à découvrir l'Amérique ! » s'écria-t-elle, « nou
cherchons depuis trois jours le royaume de
fougères, nous ne l'avons pas encore découvert
en marche ! ce sera peut-être pour aujourd'hui ! »

« Chut ! Lilie, » disait déjà sa sœur, « je vois
M. le curé qui monte l'avenue. »

Le bon prêtre entrait au même instant dans
la cour où la jeunesse se trouvait réunie, armée
en guerre pour son expédition. Il était âgé et
n'avait jamais voulu quitter sa première cure.

« Non, » avait-il dit à son évêque, « une paroisse est comme une femme, on ne doit jamais
s'en séparer.

— Mais vous n'avez pas choisi votre paroisse,
monsieur le curé ! » avait insisté l'évêque.

— C'est le bon Dieu qui l'a choisie pour moi, »
dit le prêtre, et il resta à Sainte-Honorine du Fay.
Il saluait à cette heure Mme Agnelet.

« Vous partiez pour la promenade, madame, » -it-il, « je ne voudrais arrêter ni vous ni votre compagnie, ma visite sera pour une autre fois. Vous aurez bien le temps de me voir, plus souvent peut-être que cela ne vous fera plaisir. »

« Vous aurez de la peine à en arriver là, monsieur le curé, » dit gaiement la jeune femme, entrez donc au salon, nous allions seulement faire une grande chasse aux fougères ; je voudrais réunir dans mon jardin toutes les espèces qui se trouvent dans le pays. »

Le visage du vieux prêtre s'illumina tout à coup.

« Et les variétés aussi, madame ! » dit-il, vous ne dédaignerez pas les variétés

Lilie avait fait un saut en avant : « Monsieur le curé, » s'écria-t-elle, « savez-vous où résident les fougères dans ce coin du monde ? »

Il la regardait avec un amusement bienveillant :

« Je crois que je connais les endroits où poussent toutes les espèces et toutes les variétes de fougères à deux lieues à la ronde, mademoiselle, » répondit-il, « et je connais personnellement toutes les belles plantes. »

Lilie se laissa retomber dans une brouette qui se trouvait à côté d'elle. Dans leur ardeur d'exploration, les garçons, comme on les appelait

alors, avaient réquisitionné tous les outils de la
ferme. On avait eu beaucoup de peine à les
empêcher de s'atteler à une charrue.

« Quelle horreur! » s'écria la jeune fille.
« M. le curé a des relations intimes avec toutes
les touffes de fougères, il les aime, il compte leurs
feuilles, il connaît tous leurs enfants! Jamais il
ne nous autorisera à troubler leur repos; il ne
nous conduira pas dans leurs repaires, il ne
nous laissera pas transplanter leurs moindres
descendants! »

Elle riait, et le vieillard riait aussi de sa tra-
gique emphase :

« Croyez-vous, » dit-il, « que je dédaigne les
enfants parce que je vis avec les parents depuis
quarante ans? Croyez-vous que je ne me soucie
pas des jardins parce que j'aime les bois?
Croyez-vous que je sois disposé à refuser quelque
chose à Mme Agnelet qui lui puisse plaire et lui
rendre plus agréable sa nouvelle résidence au
milieu de nous? »

Tout en parlant, le vieux prêtre avait rejeté
sur son bras le pan de sa soutane.

« Allons, dit-il, pénétrons jusque dans les
repaires des fougères, comme dit mademoiselle
Lilie. Les jours sont longs, les ouvriers nombreux,
et si le temps est un peu chaud pour les trans-
plantations », ajouta-t-il en regardant les outils

dont les promeneurs se chargeaient à la hâte, il y a des arrosoirs à Sainte-Honorine, et l'on donnera de l'eau aux petites dépaysées. En avant pour les chemins creux ! »

On était bien fatigué lorsqu'on reparut à la maison; la mère n'avait pas voulu faire partie de l'expédition :

« Je suis trop vieille pour cela, » avait-elle dit, et comme le curé la regardait en riant, secouant doucement sa tête blanche, « et puis, je vis depuis trop longtemps à Paris, le pied me tourne sur vos cailloux; quand je glisse dans la crotte, je ne sais plus reprendre mon équilibre, je me promènerai dans le jardin, et je veillerai sur le dîner. Vous aurez tous des appétits de loup en rentrant. »

C'était à grand'peine que les explorateurs, pliant sous le poids des dépouilles, avaient eu la force de revenir sur leurs pas.

Comme on arrivait au bas de l'avenue, Mme Agnelet s'était retournée vers le curé :

« Vous nous ferez bien le plaisir de dîner avec nous! » avait-elle dit. « Ma mère vous tiendra compagnie pendant que nous nous débarrasserons de nos trésors et de notre crotte. »

Le curé suspendait au bras du robuste Paul le panier qu'il avait porté jusqu'alors.

« Je vous remercie, madame, dit-il, ce sera

pour un autre jour, si vous le permettez, j'ai
un malade à voir à une lieue d'ici ; »

Et il avait déjà repris sa marche rapide, égale,
comme un homme accoutumé à mesurer les
distances d'après la nécessité, et jamais d'après
sa fatigue. Il tenait son chapeau à la main, exposant au vent du soir les cheveux épais qui
retombaient en boucles blanchies sur ses épaules.

Les promeneurs s'étaient arrêtés pour le contempler. Mme Agnelet était désolée.

« Et nous qui l'avons fait marcher pendant
trois heures dans des chemins affreux, pendant
qu'il avait une course à faire dans une autre
direction ? Je n'accepterai plus jamais sa société
sans m'enquérir de ses affaires ! Si j'avais osé,
je lui aurais proposé le cabriolet, mais il ne m'en
a pas laissé le temps. »

M. Agnelet la consola bien vite :

« M. le curé fait sans cesse sept à huit lieues
à pied, » dit-il, « et vous lui avez fait un grand
plaisir en vous intéressant à ses bien aimées
fougères. Il est un botaniste très distingué, à ce
que disent les savants, et personne ne connaît
aussi bien que lui les habitudes et les goûts particuliers de chaque plante. J'avais fait sa conquête quand j'étais petit, en étudiant les orchis ;
vous trouverez encore dans les recoins du jardin
des pieds d'orchis mouche, d'orchis abeille et

était à grand'peine que les explorateurs auaient eu la force de revenir·

d'orchis singe que nous avons transplantés de bien loin, lui et moi. Je crois cependant que les fougères ont au fond conservé ses prédilections. »

Le voyage de découverte, en compagnie du vieux curé, fut le premier pas dans un monde enchanteur, tous les jours plus séduisant; sur les vieux troncs, dans le creux des rochers, comme sous les ombrages épais des forêts et sur les versants des haies, les espèces les plus variées offraient aux amateurs de fougères des joies sans cesse renaissantes. L'été était pluvieux; on s'en consolait par la pensée que les fougères récemment transplantées à l'ombre de sous les bouquets d'arbres, sous les bosquets les plus touffus du jardin, se trouveraient bien de l'atmosphère humide et pousseraient bientôt leurs plus belles feuilles.

Les villageois s'étonnaient de cette fantaisie étrange; ils apportaient à Mme Agnelet des bouquets de roses et d'œillets.

« Quand l'automne sera là, » disaient-ils, nous vous donnerons bien un pied de nos plus belles giroflées, et du rosier de mai pour pousser contre la maison; d'autres trouveront aussi des plantes fleuries à vous offrir, mais qu'est-ce que vous avez à faire de ces vilaines herbes qu'on ne sait comment tailler et qui n'ont pas tant seulement un bouquet dans la saison ? »

Déjà, plusieurs fois, le vieux jardinier avai[...]
secrètement arraché des plantes de fougères qu'[...]
trouvait placées au tournant d'une allée, et qu[...]
le gênaient pour couper le gazon. M. Agnele[...]
avait été obligé de lui interdire absolument ce[...]
dévastations qui désolaient sa femme.

« Tu diras ce que tu voudras, Désiré, » avai[...]
il dit, « c'est une idée qu'elles ont et que je n[...]
veux pas contrarier. Tu vois bien qu'il faut le[...]
laisser s'amuser, si je veux continuer à vivre ic[...]
sans que ma femme s'ennuie et ait envie d[...]
retourner à Paris. »

Désiré avait compris le raisonnement.

« J'ai été obligé de faire appel aux sentimen[...]
de Désiré pour l'empêcher d'arracher vos fou[...]
gères, » dit en riant M. Agnelet qui, au fond d[...]
l'âme, partageait un peu le mépris de son jar[...]
dinier pour les *mauvaises herbes*, « il pense qu[...]
c'est un moyen de vous faire accepter la vie [...]
la campagne. »

La jeune femme regardait son mari d'un a[...]
de reproche :

« Ne savez-vous pas combien je préfère dé[...]
Sainte-Honorine à toutes les rues de Paris? [...]
disait-elle.

M. Agnelet secouait la tête.

« Attendez l'hiver, disait-il, et le moment o[...]
Lilie sera repartie pour Paris avec votre mère.[...]

Les garçons avaient déjà repris le chemin du collège.

Un seul était resté à Sainte-Honorine, et celui-là y devait passer l'hiver. Louis était délicat et languissant; l'air de Paris et l'atmosphère étouffée des classes lui faisaient chaque année un mal sérieux. Le médecin l'avait dit à sa mère :

« S'il pouvait passer dix-huit mois ou deux ans à la campagne, en liberté et en plein air, vous en feriez encore un homme, mais il perd tous les hivers ce qu'il a gagné pendant l'été. Jamais ses études n'avanceront, et sa santé reculera. »

Aussitôt après son mariage, Mme Agnelet avait prié sa mère de laisser Louis à Sainte-Honorine :

« Je le ferai travailler tant que je pourrai, » avait-elle dit, « nous lirons ensemble, le soir, avec Charles, et il se fortifiera si bien qu'au printemps vous ne le reconnaîtrez plus. »

C'était sur Louis que sa sœur comptait pour continuer avec elle la chasse aux fougères.

Le dernier jour du séjour de Lilie était arrivé. Elle avait décidé qu'une grande exploration dans une région toute nouvelle devait signaler ce moment suprême. Pendant une course en voiture, lorsqu'elle était en grande toilette pour

faire ses visites de noces, Mme Agnelet avait
aperçu, contre les murs d'une vieille église et au
sommet d'un toit en ruines, des fougères qui
lui avaient paru d'une espèce nouvelle, rare, in-
connue même. Son mari avait eu beaucoup de
peine à l'empêcher de descendre à l'instant de
voiture; il s'était absolument refusé à grimper
sur la chaumière délabrée.

« Nous reviendrons, » avait-il dit, « un jour,
quand nous ne serons pas aussi élégants. »

Mme Agnelet avait commandé la carriole; tout
le monde devait faire partie de l'expédition. Elle
avait entraîné son mari.

« Vous l'avez promis, » disait-elle, « et d'ailleurs je pourrais me tromper de chemin. »

Lilie poussa un cri de joie en apercevant les
touffes épaisses qui se cachaient entre les pierres
disjointes de la vieille église; « des *Trichoménès*
qui ont au moins trente ans! » disait-elle, puis
regardant tous ses compagnons : « plus âgés
qu'aucun de nous! »

On s'était mis à l'œuvre; les mains habiles,
les outils délicats étaient consacrés aux *Trichoménès;* les garçons, conduits par M. Agnelet
avaient escaladé les murs en ruines de la vieille
étable; ils déracinaient les unes après les autres
les belles plantes de *Polypodiums* qui garnissaient le toit de chaume; en même temps, ils

arrachaient à pleines mains des touffes d'Iris et de Cœdum.

« Cela ne rentre pas dans la catégorie des trésors, » criait M. Agnelet qui aimait à plaisanter sa belle-sœur, « mais le jardin peut bien admettre quelques profanes et les touffes d'Iris feront un joli effet au bord de la rivière. »

Tout en travaillant activement, Mme Agnelet se retournait souvent pour remercier ou pour gronder son mari.

« Faites attention, Charles, » disait-elle : « Veillez sur Louis qui est là, à cheval sur le toit, et notre cousin Henri qu'est-il devenu? Votre tante finira par avoir peur des expéditions de fougères. Son fils y déchire presque toujours ses habits! »

Au même instant, on entendit un cri perçant, le silence y succéda; Mme Agnelet tremblante, ses jambes fléchissant sous elle, courut vers le chemin creux d'où partait l'appel; depuis quelques minutes, Lilie avait disparu, sa sœur avait reconnu sa voix.

Elle était là, notre pauvre Lilie, si gaie, si résolue, si audacieusement folle; elle s'était lassée d'arracher des *Trichoménès;* « le jardin en sera plein, » avait-elle pensé, « Marie en a déjà une bourriche; » et elle s'était écartée à la recherche des nouveautés. Dans un chemin étroit et sombre, qui servait de lit à un ruisseau, elle avait aperçu au sommet de la haie une touffe superbe d'*Adian-thum nigrum !*

« Nous n'avons rien vu de si beau ! » dit-elle tout haut, et elle s'était mise à grimper, s'accrochant aux branches ; tout à coup, au moment où elle était occupée à tirer de toutes ses forces la racine des fougères, son pied avait glissé, la tige qu'elle serrait s'était cassée, et la jeune fille lancée au loin par le recul des branchages contre lesquels elle s'appuyait, était tombée, rudement appuyée sur la banque de l'autre côté du chemin ; elle avait heurté les pierres du sol.

« Ne me touche pas, Marie, ne me touche pas, » murmurait-elle, lorsque sa sœur cher012 à la relever de ses mains tremblantes ; « tu n'as pas la force, tu te ferais du mal, je ne puis pas me soulever ! »

Tout en parlant, elle avait cependant fait un courageux effort, serrant ses lèvres pâles et s'appuyant contre Mme Agnelet. Elle était assise dans le fossé ; son beau-frère, son frère, deux jeunes cousins qui les avaient accompagnés la regardaient avec effroi.

Lilie se pencha vers sa sœur :

« Je suis sûre que j'ai quelque chose de démis ou de cassé, » dit-elle, « je ne puis presque pas remuer le bras gauche, et c'est très-drôle, mais

je ne sens pas mes deux épaules à la même hauteur. Ne me touche pas! ne me touche pas! »
répétait-elle.

Mme Agnelet consultait son mari du regard.

« Il n'y a pas moyen de la ramener à Sainte-
Honorine dans la carriole, » dit-il, « les chemins
sont trop mauvais et la voiture trop dure. Je
vais aller voir à la ferme que j'aperçois derrière
l'église ou mieux encore au presbytère si nous
pouvons organiser un brancard. »

« Un brancard! » ce mot avait fait tressaillir
Mme Agnelet.

« Qu'a-t-elle? Qu'a donc ma Lilie? » demandait avec effroi la jeune femme.

« Elle a l'épaule cassée ou démise, peut-être
le bras cassé, » dit son mari, « c'est du moins ce
qui me semble probable, et nous ne pouvons pas
rester ici.... » ajouta-t-il en se dirigeant vivement vers un petit groupe de maisons qu'on
apercevait à travers les arbres.

Mme Agnelet retourna auprès de sa sœur.
Lilie avait trouvé la conférence un peu longue;
elle avait été obligée de se mordre les doigts pour
éviter de s'évanouir.

« Tiens-moi, Marie; tiens-moi, » disait-elle,
« ou je vais encore tomber sur les pierres. »

Les deux sœurs étaient aussi pâles l'une que
l'autre.

Le curé, la fermière et M. Agnelet revenaient
presque au même instant ; il était deux heures,
et les ouvriers étaient à table, on avait trouvé
des hommes et un brancard ; une civière à colza,
garnie d'un matelas promettait un voyage à peu
près supportable.

Lorsque la jeune fille y eut été placée, sa
tête retomba sans force, elle n'avait pas poussé
un cri, à peine un gémissement, mais elle avait
perdu connaissance. Mme Agnelet ne fit pas de
grands efforts pour la rappeler à elle pendant le
chemin.

L'épaule blanche, ronde, délicate offrait un
pitoyable aspect ; le médecin de Sainte-Honorine
était vieux, très bavard, et ses opinions poli-
tiques laissaient beaucoup à désirer, mais il
avait de l'expérience, du sang-froid, et il
était très attaché à M. Agnelet qu'il avait vu
naître.

« Monsieur Charles, » dit-il, « vous vous pla-
cerez là derrière le lit et, quand je vous le dirai,
vous tirerez en arrière la serviette que je passe
ici sous l'épaule ; vos deux domestiques, valet
cocher, ceux que vous voudrez, tireront en même
temps celle que j'attache au poignet. »

Lilie n'avait pas bougé, mais ses lèvres remuaient ; sa mère se pencha vers elle.

La jeune fille répétait :

« J'offre à Dieu mon corps en sacrifice vivant et saint. »

Au même instant et sur un signe du docteur, les trois opérateurs tiraient à la fois en sens inverse; un petit craquement se fit entendre.

« C'est fait! » dit le médecin.

« C'est fini! » murmura Lilie, et se tournant vers sa mère, « je souffre déjà beaucoup moins. »

Elle était bien lasse le soir dans son lit lorsqu'elle appela sa sœur.

« A-t-on rapporté mon *Adianthum nigrum?* » demanda-t-elle.

« Tu ne l'as pas lâché un seul instant, » dit Mme Agnelet, moitié riant, moitié pleurant, « je t'ai lavé les mains deux fois en route pour te ranimer un peu, mais je n'ai jamais pu desserrer tes doigts. Pendant que le médecin était à te torturer, Louis a planté soigneusement dans un petit pot cette fougère qui nous a coûté si cher.

— Ne te plains donc pas! » disait Lilie. « Quand on pense à tous les accidents qui auraient pu nous arriver, à ceux qui ont récemment atteint nos amis, on ne saurait trop remercier Dieu d'avoir seulement une épaule démise, et ce n'est même pas le bras droit! »

Lilie continua de se féliciter, sa mère et sa

sœur reconnaissaient qu'elle avait raison, tout
en s'attristant de la voir pâle et fatiguée.

« Elle a perdu tout l'avantage de son été de
campagne, » disait Mme Agnelet.

« Mon été de campagne et la joie de me trouver
chez toi et avec toi étaient en train de me monter
à la tête, » soutenait Lilie, « maintenant que
j'ai un peu souffert je me sens beaucoup plus
raisonnable, et cela en vaut bien la peine. Je ne
me console pas que tu aies laissé là bas au pied
de l'église tous les *Trichoménès* que nous avions
arrachés. »

Le curé de Sainte-Honorine avait fait une visite à son confrère; celui-ci l'avait mené sur le
théâtre de l'accident; en passant à côté de l'é-
glise, le long du mur qui bordait le cimetière,
l'amateur de fougères s'était arrêté.

« Quelle moisson vous avez faite ici ! » dit-il.
Le prêtre secoua la tête. « Je ne me connais pas à
ces herbes-là ! » dit-il, « c'est Mme Agnelet qui
travaillait par là quand sa sœur est tombée. »

« Alors je reprends ce qu'elle a perdu, » et le
curé de Sainte-Honorine entassait dans son mouchoir les jolies plantes, avec leurs nervures noi-
râtres et la délicate découpure de leurs feuilles.
Il fut le bienvenu lorsqu'il apparut le lendemain
à la porte du petit salon où Lilie avait absolument voulu descendre.

« Pourquoi resterais-je dans mon lit, parce
que je n'ai qu'un bras ? » disait-elle.

« Tu n'as qu'un bras, et tu as la fièvre, » ré-
pliquait sa sœur.

La jeune fille avait triomphé, elle était étendue
sur le canapé lorsque le vieux curé s'avança
vers elle. Il tenait encore son mouchoir à la
main.

« Marie ! voilà nos *Trichoménès !* » s'écria Lilie ;
« M. le curé n'a pas voulu les abandonner, il ne
détruit pas inutilement comme nous ! Il faut les
planter tout de suite !

« Je n'avais pas un malade à soigner comme
Mme votre sœur, » dit doucement le prêtre.
« Dans ce cas, je crois que j'aurais oublié les
Trichoménès ! »

L'année suivante, au printemps, Lilie était
de nouveau installée dans la vieille maison de
sa sœur, à Sainte-Honorine ; un petit enfant y
avait paru en même temps que les fleurs. La
jeune fille se promenait dans le jardin, cueillant
des roses sur les buissons qui secouaient leurs
tiges inégales au milieu des carrés de choux
dans le potager ; elle arrosait soigneusement les
touffes de fougères, partout semées sous les
grands arbres. Les feuilles avaient été coupées
pendant l'hiver, elles repoussaient vigoureu-
ses et fraîches, partout accompagnées de tiges

nouvelles qui se déroulaient progressive-
ment.

« Rien n'est aussi beau que les *Trichoménès*
de la vieille église! » disait-elle en rendant
compte à sa sœur de la santé de leurs plantes
favorites. « Si ce n'est mon *Adianthum nigrum* ! »
et Mme Agnelet étendait la main vers une jardi-
nière constamment placée à côté d'elle.

« Si tu n'y fais pas attention, » dit Lilie, « ton
Robert, en grandissant, deviendra jaloux de cette
fougère; je ne suis pas sûre que Charles lui-
même la regarde de bon œil! »

Mme d'Avrigny avait posé le petit cahier; les
aînés des enfants s'étaient mis à rire :

« Vous avez eu la manie des fougères bien
jeune, maman,» disait Robert.

« Et elle a duré longtemps! » reprenait Marthe.
« Comme ma tante Suzanne devait être coura-
geuse! Elle n'a pas dit dans l'histoire qu'elle
avait beaucoup souffert, mais je suis bien sûre
que oui.

« Elle a toujours assuré que la douleur aiguë
avait cessé du moment où l'épaule avait été
remise, » dit sa mère. « Vous avez encore connu
la plante d'*Adianthum* qui résidait toujours ici
dans le salon. »

« Je ne l'ai jamais vue, » marmottait Jacques.

Les deux petites sœurs ouvraient leurs yeux tout grands !

« C'est vous, maman, Mme Agnelet ? » disaient-elles. « Et Lilie est ma tante Suzanne ? Mais alors M. Agnelet, c'est papa, et Sainte-Honorine, c'est la Chênaie. » Cette découverte les remplissait d'étonnement.

« Mais pourquoi tante Suzanne vous a-t-elle appelée Mme Agnelet, dans son histoire ? » reprit Blanche. « Votre nom à vous est plus joli ! »

Un grand éclat de rire déconcerta la petite fille :

« Comment s'appelle maman ? » criait Pierre.

« Elle s'appelle Agnès ! Ah ! je comprends, Agnès ressemble à agneau !

— Non, » dit M. d'Avrigny, qui n'avait pas encore parlé, « le nom de votre mère lui convient, car il veut dire *pure*.

— Et le vôtre, papa, le vôtre ? criaient les enfants.

— Charles veut dire *un homme*. Et mes petites filles n'ont pas besoin de demander le sens de leur nom, tout le monde sait ce que signifie Rose et Blanche.

« Et Marthe, papa ? »

M. d'Avrigny s'était levé, prenant un livre dans la bibliothèque :

« Marthe ?... voyons ? »

Et il tournait les pages.

« Oh! ma pauvre petite fille, quel vilain nom
et comme il te ressemble peu! tu ne deviens pas
amère, n'est-ce pas? »

M. d'Avrigny caressait doucement la main de
sa fille aînée, chérie de tous pour son aimable
douceur.

« Suzanne, Suzanne? demandait les enfants.

— Suzanne veut dire *lis*. »

Mme Delbarre avait les yeux humides, en pensant à la fille chérie qu'elle voyait si rarement
absorbée par une famille nombreuse et de grands
devoirs. « C'est pour cela qu'elle a appelé la
petite sœur Lilie dans son histoire! »

Robert avait repris le volume que son père
venait de poser sur la table. Il cherchait l'expli-
cation de son nom. Il rougit en lisant : Sa mère
se pencha sur son épaule :

« Brillante renommée! » dit-elle à demi-voix.
« Mon enfant, je te la souhaite brillante, si Dieu
le permet, mais je tiens plus encore à la *bonne*
renommée! »

Pierre s'était soulevé sur son coude, dans son
lit :

« Je n'ai pas besoin de chercher ce que veut
dire le mien, disait-il en souriant : Une pierre
n'est qu'une pierre.

— Tu es Pierre, et sur cette pierre je bâtirai

mon église, » murmurait Mme d'Avrigny en secouant les oreillers de son cher convalescent.

Pierre saisit sa main et la baisa. Il était plus démonstratif dans sa tendresse que la plupart des enfants de Mme d'Avrigny, et son mari accusait celle-ci d'un peu de faiblesse à l'égard de ce fils.

Au même instant, deux petites voix partaient de la chambre des filles, où Blanche était assise sur le pied du lit de Rose.

« Et vous, grand'mère, que veut dire votre drôle de nom? Eustochie ! pourquoi vous a-t-on appelée Eustochie?

« Eustochie signifie *bonne pensée*, mes enfants, » dit Mme Delbarre « et mon père avait tenu à me donner ce nom parce qu'il s'appelait Jérôme et qu'il avait en grande vénération, non-seulement le saint ermite qui portait ce nom, mais encore ses deux amies, Paule et Eustochie. Un jour, je vous raconterai leur histoire et tout ce qu'elles ont fait de beau et de bon sous sa direction. »

Marthe réfléchissait, le Glossaire des noms ouvert entre ses mains : « Les noms ont-ils une influence sur ceux qui les portent? » disait-elle avec un accent de rêverie qui ne lui était pas ordinaire, « quand on aurait cherché dans tous les noms du calendrier, en aurait-on trouvé un

10

seul qui convînt aussi bien à mon grand-père
que le sien : « Geoffroy, *La paix de Dieu!* »

Mme Delbarre s'était levée, rougissant de plaisir
comme une jeune fille :

« Je ne savais pas encore, à l'heure qu'il est,
ce que signifiait son nom, » dit-elle. « J'aurais
dû le deviner depuis plus de quarante ans que
j'ai vécu auprès de lui ! »

CHAPITRE X.

La Petite Maison grise.

Le froid diminuait; au soleil étincelant sur le tapis de neige avait succédé un ciel gris et sombre; l'humidité commençait à pénétrer dans la maison. Mme d'Avrigny empilait le bois dans les cheminées, et, dans les corridors, elle laissait circuler le grand air, cherchant à combattre les dangers de l'atmosphère enfiévrée qu'on respirait nécessairement dans le lazaret. Elle trouvait ses malades languissants, leur appétit était incertain. Jacques seul dévorait ses côtelettes et ses biftecks. Les travaux littéraires n'avançaient pas.

« Je crois, » dit Mme Delbarre, « que nous ne
verrons pas grand'chose de vos histoires cette
fois-ci, il faudra se casser la jambe à la ronde,
ou attraper une bonne coqueluche pour voir
éclore ces chefs-d'œuvre ; vous ne me paraissez
pas non plus fort en train de vous livrer aux
jeux d'esprit ; une histoire ou les bouts-rimés ?
Qu'on vote par assis et levé ! »

Pierre riait :

« Je reste assis par nécessité, » disait-il, mais
Rose avait rejeté ses couvertures et se tenait
tout debout sur son lit :

« Je vote pour une histoire, » s'écria-t-elle.

Sa mère la força de se recoucher ; elle était
heureuse cependant en *bordant* la petite fille sous
ses rideaux ; depuis qu'elle avait été malade,
Rose n'avait pas encore manifesté autant d'animation et de force.

Blanche avait répété le vote de sa sœur :

« Une histoire de papa ! » disait-elle, « du
papa le plus crotté qu'il y eut jamais ! »

M. d'Avrigny qui venait de rentrer, se sauva
précipitamment pour ôter ses grandes bottes ;
lorsqu'il revint dans le salon, il saisit sa petite
Blanche dans ses bras.

« Une histoire de papa ! » dit-il, « eh bien,
tu vas savoir la fin d'une vieille histoire que j'ai
apprise aujourd'hui.

« Comment l'histoire est-elle vieille puisque vous l'avez apprise aujourd'hui? » demandait Jacques, toujours un peu disposé à épiloguer.

« Nous voulons l'histoire tout entière, nous ne nous contenterons pas de la fin, » criaient les enfants en chœur.

« Dans la vie, les histoires ne vont pas aussi vite qu'au coin du feu quand on vous les raconte, » dit M. d'Avrigny; « des années s'écoulent souvent entre le commencement et la fin. Ce que je vous dirai en quelques minutes, je le suis avec intérêt depuis quatre ans.

« Avez-vous jamais remarqué sur la route de traverse, au delà du bourg, à deux lieues d'ici environ, une petite maison grise, propre, bien entretenue, dont les volets sont presque toujours à demi fermés? Tu l'as remarquée, Pierre? T'es-tu demandé comment on vivait là dedans? C'est une question que je me pose souvent en traversant les rues de la ville, dans les bourgs, à la campagne. Je regarde aux fenêtres, je cherche un signe de vie échappant au travail nécessaire de tous les jours, une fleur, une plante, un oiseau. Quand j'aperçois un peu de verdure ou une cage, je suis content, et j'imagine plus facilement une existence tolérable dans un labeur incessant. Tout cela manquait autour de la petite maison de la route. Elle est là, bâtie sur

le bord du chemin, sans un arbrisseau, sans
une touffe de fleurs. On n'a pas même planté
un espalier contre les murailles ; une barrière
enserre l'étroit espace qui appartient sans doute
au maître de la demeure ; dans cette langue de
terre, trois rangées de sapins entourent et ombra-
gent la maison comme des sentinelles funèbres.
J'ai bien souvent regardé, en passant, si la porte
s'ouvrait, si les fenêtres laissaient jamais entrer
le beau soleil d'été riant et chaud. Les volets restaient entr'ouverts, la porte fermée ; pas une vo-
laille dans la petite cour, à peine un oiseau sur les
arbres sombres ; l'herbe seule poussait à leurs
pieds, parsemée de marguerites, nul ne pouvait
l'en empêcher.

« Vous ririez si je vous disais que cette maison
pesait sur ma pensée ; il est vrai pourtant qu'à
une demi-lieue de là, je me demandais d'avance
si la tristesse morne qui m'avait si souvent
frappé n'aurait pas enfin reçu quelque adoucis-
sement. Je m'étais enquis du nom de nos lointains voisins. Le mari et la femme étaient étrangers au pays, m'avait-on dit. Ils avaient hérité
depuis deux ans de la petite cour et d'une mauvaise chaumière ; ils avaient bâti la petite maison
grise, et parmi les arbres qui encombraient le
terrain, ils n'avaient conservé que les sapins ;
les pommiers vieillis, les aubépines couvertes de

fleurs blanches ou de graines rouges, les rosiers blancs qui poussaient dans la haie, tout avait été arraché.

— On ne les voit jamais, monsieur, » m'apprit l'épicier du bourg enchanté d'une occasion de causer, « ils viennent au marché une fois par semaine l'un ou l'autre, sans jamais parler, si ce n'est pour dire : « Combien ça ? » ils s'en retournent ensuite, et personne n'a jamais franchi le seuil de leur porte. »

« J'en savais assez pour me sentir assuré qu'une profonde tristesse planait sur la petite maison grise. « S'ils voulaient seulement ouvrir leurs fenêtres au soleil et leur porte à la sympathie humaine ! » pensais-je souvent, « Dieu a mis ici-bas pour nous des consolations qu'il n'est pas bon de repousser. » Votre mère s'est souvent amusée de l'intérêt involontaire que je portais à des inconnus. Je suis sûre qu'elle a souvent aussi prié pour eux.

« Il y a deux ans, je passais une fois de plus par la petite route. J'étais à cheval, il faisait beau, j'avais laissé tomber mes rênes, et je réfléchissais aux moyens de persuader les maires récalcitrants qui se refusaient à réparer un chemin à frais communs, quand tout à coup je levai les yeux. J'étais arrivé à côté de la maison grise. Pour la première fois, la porte était entr'ouverte, les volets étaient rabattus contre la muraille ; je vis une femme jeune encore, le visage fatigué, les mains appuyées sur ses genoux comme une personne souffrante ou languissante. Debout, un homme plus âgé qu'elle, aux cheveux gris, taillés en brosse, lui parlait avec animation. Dans le fond de la chambre, sous des rideaux blancs soigneusement baissés, j'aperçus un berceau. Je ne vous dirai pas le soulagement qui me remplit le cœur : « Dieu a envoyé un enfant dans cette triste demeure, » me disais-je, « c'est un messager de paix et de joie qu'il a chargé de consoler ceux qui souffrent. » En revenant après ma conférence avec les maires, tout fier d'avoir obtenu leur assentiment à la réparation du chemin, il était tard, et la fenêtre de la maison grise était fermée, mais j'entendis une voix de femme qui chantait et le bruit régulier d'un berceau ; l'enfant s'endormait.

« Je crois bien que je passe quelquefois par cette route de traverse, quoiqu'elle allonge ma course au lieu de la raccourcir, pour le plaisir de voir la maison grise transformée par la présence d'un petit être vivant, remuant, criant. Quand cette petite fille sera grande, elle voudra des fleurs et elle en aura ; des bêtes, oiseaux, lapins, chat ou chien, et elle les obtiendra. Pour le moment, les sapins grandissent seuls autour de la

J'étais arrivé à côté de la maison grise.

maison ; l'enfant a suffi pour y apporter la joie et la vie. Sur les marches de pierre, on reconnaît la trace des petits pieds crottés ; à la fenêtre, on aperçoit une tête blonde ; la mère n'a pas plus de trente ans maintenant, le père tresse des branches d'osier pour faire une petite carriole ; je l'ai rencontré l'autre jour chez l'épicier qui achetait des sucres d'orge.

« L'épicier est toujours bavard ; la ficelle dont j'avais besoin pour mes arbres était difficile à trouver, quand mon voisin fut sorti de la boutique, le marchand se retourna vers moi.

« Il est content aujourd'hui, ce pauvre homme, » me dit-il. « La semaine dernière nous avons cru dans le bourg qu'il devenait fou. Une nuit, il est arrivé en courant. Sauf votre respect , il n'avait pris que le temps d'enfiler son pantalon, il était nu-pieds, il n'avait pas de chapeau. Il sonnait à toutes les portes, sans pouvoir reconnaître celle du médecin. Toutes les têtes étaient aux fenêtres ; il y en avait de drôlement coiffées parmi ; il y avait des gens qui commençaient à crier : Au feu ! » Enfin, il a mis la main sur la sonnette de M. Ricard, il a carillonné si fort que le docteur est descendu sans être beaucoup plus habillé que lui. Quand ils sont repartis tous les deux, nous avons entendu que la petite fille avait le croup. Elle a été bien malade, on dit

qu'elle est guérie. J'ai demandé de ses nouvell[...]
tout à l'heure quand M. Marie, c'est comme ce[...]
qu'il s'appelle, est venu acheter du sucre d'org[...]
il m'a répondu tout comme un autre homm[...]
c'est curieux l'effet que font les enfants.

« Aujourd'hui, sous la pluie froide, pendant q[...]
je pressais mon cheval, j'ai rencontré notre b[...]
curé sur la route. Il sortait de la petite mais[...]
grise, et la joie était peinte sur son visage. [...]
me suis arrêté pour lui dire bonjour. La porte de [...]
maison était refermée, mais, à la fenêtre, on aperc[...]
vait encore la mère tenant dans ses bras la peti[...]
fille qui envoyait des baisers au vieux prêtre. [...]

— Voilà, me dit-il, des gens auxquels Dieu[...]
ouvert le cœur en leur donnant un enfant, [...]
maintenant, par le danger mortel de ce mên[...]
enfant, il a pris possession de leurs âme[...]
Dimanche, ils sont venus tous les deux à l'églis[...]
c'était la première fois depuis dix ans. »

« J'ai serré la main du curé. J'étais, je cro[...]
aussi heureux que lui. »

Les yeux de Mme d'Avrigny s'étaient rempl[...]
de larmes, ils ne quittaient pas le visage de s[...]
mari.

« J'espère que nous arriverons un jour à le[...]
connaître, Charles, » dit-elle doucement.

M. d'Avrigny souriait.

« Je soupçonne que je ferai le premier le[...]

connaissance; ils me font l'effet de vieux amis. Ce matin, si le curé n'avait pas continué à marcher aux côtés de mon cheval, je ne sais pas si j'aurais pu résister au désir d'entrer pour embrasser cette petite fille ; elle ressemble un peu à Rose et à Blanche au même âge. »

Rose et Blanche aimaient beaucoup leur père, et ses histoires les intéressaient toujours, même quand elles ne les comprenaient pas très bien. Elles auraient voulu voir la petite fille et connaître la maison grise.

« Ça sera plus joli quand il y aura des fleurs, » pensaient-elles.

Blanche, généreuse et expansive, avait déjà proposé d'envoyer à la petite fille des graines de pois de senteur et de volubilis.

« Si on les faisait grimper sur la maison, on ne verrait plus les murs, il y aurait des fleurs partout. »

— Pendant l'été; » disait Rose, « l'hiver ce serait bien triste. Il vaudrait mieux faire pousser du lierre, comme sur la tour du Nord, et planter au pied des roses de mai, et des banks.

— Il doit faire froid au milieu de tous ces sapins, les banks seraient gelées.

— Tu as raison, d'ailleurs nous n'avons qu'un seul pied de rosier banks, et il ne se porte pas très-bien.

— J'ai bien peur qu'il n'ait été gelé ces jours-
ci, » et Mme d'Avrigny s'assit entre ses petites
filles.

« Plus tard quand nous connaîtrons M.
Mme Marie, nous saurons s'ils veulent des fleurs
dans leur maison. Papa croit qu'ils ont eu autrefois de très grands chagrins, et qu'ils voulaient
s'enfermer chez eux pour y vivre et y mourir
tout seuls. La petite fille a poussé toutes les
portes avec ses pauvres petites mains, elles ne
se refermeront pas maintenant. .. un jour, nous
tâcherons d'entrer.... Ma Rose, tu n'as pas mauvaise mine ce soir ! »

La petite malade avait attiré sa mère auprès
d'elle.

« Maman ! quand je me lèverai, je pourrai aller
avec papa, voir la petite fille dans sa maison
grise. Je n'aurai pas peur des sapins ! »

Mme d'Avrigny avait appuyé sa tête sur l'o-
reiller de l'enfant, pour cacher son trouble. Pierre
entrait décidément en convalescence; M. Ricard
l'avait dit avec une brusquerie bienveillante :

« Qu'est-ce que ce grand garçon fait dans son
lit? Pourquoi ne se lève-t-il pas? »

Mais Rose restait languissante et faible, elle
passait de longues heures sans bouger, sans
parler. Le cœur de sa mère se gonflait d'inquiétude. Mme Delbarre l'encourageait.

« Tous tes enfants ont toujours eu une si bonne santé, tu as eu si peu de peine à les élever que tu te tourmentes outre mesure dès que tu en vois quelqu'un souffrant et malingre, » disait-elle, à sa fille. « Si tu savais le mal que m'a donné Suzanne!

— Vous ne les avez pas tous élevés, ma mère? » Mme d'Avrigny serrait nerveusement les mains de la vieille femme.

« Dieu ne reprend jamais aux mères les enfants qu'il leur a donnés, » dit doucement celle-ci, « ceux qu'il me garde dans le paradis sont toujours à moi! »

CHAPITRE XI

Les Oiseaux en cage.

« Je ne sais vraiment pas ce que je vais devenir maintenant qu'ils vont un peu mieux, » disait Mme d'Avrigny à son mari. « Jacques commence à être insupportable, il tourmente déjà Robert qui est trop raisonnable pour se disputer, mais qui hausse les épaules et qui se replonge dans son livre. Il est encore trop fatigué pour travailler ; hier, je l'ai vu qui regardait ses cahiers de mathématiques, et je l'ai menacé de les enfermer.

« Il n'y a pas de danger que j'y touche, »

m'a-t-il dit; « tous les chiffres dansent devant
mes yeux, et je serais hors d'état de tracer une
ligne sur un tableau. »

« Il ne dit rien, mais je vois qu'il se désole du
retard apporté à ses études. Pierre a été et est
encore trop souffrant pour s'inquiéter; d'ailleurs
il est plus jeune, et il ne se destine pas à la même
carrière. Mais comment jetterai-je un peu d'amusement et de bon accord dans la vie de mes
pauvres prisonniers? »

— Vos prisonniers ont été mis en prison par
Dieu lui-même, » dit M. d'Avrigny dont la foi
calme et simple modérait souvent l'imagination
inquiète de sa femme; « ils n'ont autre chose à
faire qu'à accepter la volonté de Dieu. Vous la
leur rendez si douce à supporter qu'ils seraient
bien ingrats de se plaindre, » ajouta-t-il avec
tendresse.

« Ils ne se plaignent pas, mais ils s'ennuient, »
murmura la mère, qui rentrait un peu triste
dans le salon d'hiver.

L'aspect de la chambre comme celui des visages
avait changé depuis son départ. Par terre, sur le
tapis, à côté d'une boîte d'outils entr'ouverte,
Jacques était assis, taillant grossièrement la
quille d'un petit navire, dont Marthe cousait
patiemment les voiles. Robert dessinait une
feuille de fougère, que sa grand'mère avait

Par terre, sur le tapis, à côté d'une boîte d'outils entr'ouverte.

découverte dans un coin abrité du jardin, à demi enterrée sous la neige; les deux petites sœurs étaient penchées sur une grande image qu'elles découpaient de leur mieux.

« Qu'est-ce qui nous aidera à coller les morceaux de notre ferme quand ils seront tous prêts? » disaient-elles, « nous ne comprenons pas du tout comment on fera la maison, le moulin à vent et le colombier.

— « Quand maman m'aura permis de me lever, et que je serai installé auprès du feu, je verrai si mes mains sont assez solides pour coller ensemble vos morceaux de carton, » criait Pierre du fond de son lit. Tous les visages étaient animés, les petites querelles ou les murmures avaient cessé; Mme Delbarre tricotait auprès de la cheminée.

Sa fille s'était d'abord arrêtée, en entrant, pour contempler ses enfants; elle allait maintenant de l'un à l'autre, admirant et conseillant.

Robert soulevait de son crayon la tige délicate de son modèle :

« Voyez-vous, » disait-il, « grand'mère pense que je pourrai faire un écran assez joli pour être offert à Mme Aubry, vous savez bien, la femme de mon répétiteur de mathématiques; elle est pleine de bontés pour moi. Comme je n'y peux aller que le soir, et qu'il ne fait pas toujours

beau, elle fait sécher mon paletot, et quelque
fois elle me donne du thé. Cela ne me fatigue
pas du tout, et je ne perds pas tout à fait mon
temps quand je dessine. C'est une de vos chères
fougères, si j'avais pu aller au bord du chemin
sur la hauteur, à côté de l'église, je suis bien
sûr que j'aurais trouvé une corne de bœuf, toute
petite, pour jeter au pied de celle-ci. Cela serait
joli, ne pensez-vous pas?

— Ton père doit passer par là, cette après-
midi; je le prierai de te rapporter une jolie
plante, si elles ne sont pas gelées.

— Les cornes de bœuf sont robustes, » dit
Marthe, « et le chemin de l'église est très abrité.

— Où as-tu trouvé cette image? ma petite
Blanche? »

Et la mère s'approchait des deux jumelles qui
riaient, fort affairées, et les doigts rougis par
l'anneau de leurs ciseaux.

« Elle était dans le portefeuille de grand'mère
comme le carton de Bristol de Robert, et le portrait de la *Surveillante* que Jacques essaye d'imiter avec son morceau de bois. »

Mme d'Avrigny riait comme ses enfants.

« Autrefois, quand nous étions petits, » dit-
elle, nous appelions les armoires de ma mère
le sac de Mme Robinson; je vois que son portefeuille a conservé les mêmes qualités. Vous

voilà tous heureux et occupés, grâce à elle. »

La mère se laissa tomber sur un fauteuil, son front était redevenu serein.

« J'ai trouvé que nous avions eu tant d'esprit tous ces jours-ci qu'il était temps de redescendre un peu vers les occupations pratiques, » dit la grand'mère qui appuyait la main sur son vieux portefeuille debout à côté d'elle; « plus tard quand la nuit tombera, quand les yeux et les doigts seront fatigués, nous verrons s'il y a encore des histoires dans les cartons ou dans les cervelles; pour le moment, il faut profiter des pauvres rayons que nous envoie le soleil.

— Pour toi, » ajouta-t-elle en se retournant vers sa fille, « ce que tu aurais de mieux à faire serait de t'enfermer dans ta chambre et de tâcher de te reposer pendant quelques heures.

— Oui, oui, maman ! reposez-vous! » criaient toutes les voix.

M. d'Avrigny paraissait en ce moment :

« Par un heureux hasard, on n'a pas absolument besoin de vous, » dit-il, « on vous engage à vous reposer ? Je vous enlève alors; le grand air vous sera plus salutaire que le repos sur un canapé, et d'ailleurs si vous restez dans la maison, il y aura dix chances contre une en faveur d'une minute de repos. Les domestiques demanderont des ordres, les vieilles femmes viendront

chercher des remèdes, les jeunes apporteront
leurs enfants.... Il y a toujours une procession
à votre porte, le tapis est usé et le cirage enlevé de ce côté de la maison deux fois plus vite
que de l'autre côté. Si vous n'étiez pas si fatiguée,
je vous mettrais sur mon cheval, et je marcherais
à votre bride comme un écuyer d'autrefois !

— Merci bien, je serais sûre de revenir avec
une bonne courbature, » repartit Mme d'Avrigny;
mais elle avait mis son capuchon et son manteau, elle riait, et sa mère se frottait doucement
les mains.

« Quand Agnès devient trop soucieuse, une
course dans les bois avec son mari lui fait toujours du bien, » pensait-elle. « Je serai pourtant
bien contente quand nous pourrons ouvrir la
cage à tous ces oiseaux et que j'aurai le loisir
de rentrer dans mon vieux nid à moi. »

M. Delbarre s'ennuyait fort dans sa solitude;
il ne le disait pas, mais sa femme le lisait entre
les lignes de ses lettres. Dans leur expérience de
la jeunesse et de la maladie, M. et Mme Delbarre
avaient deviné que le moment le plus difficile,
sinon le plus douloureux pour la mère, seraient
les jours d'une longue convalescence.

« Vous êtes plus nécessaire à Agnès, aujour-
d'hui qu'il y a quinze jours, » écrivait le vieux
bibliothécaire. Sa femme le savait bien.

La nuit était venue, et c'était à grand'peine qu'on avait réussi à arracher les dessinateurs, les découpeuses, le sculpteur à leurs occupations ; tous avaient les yeux fatigués, et leurs mains faibles encore commençaient à trembler, mais leurs entreprises nouvelles les avaient enchantés. Jacques grognait lorsque sa grand'mère l'obligea de ramasser les copeaux dont il avait ouvert le tapis.

« Si tu gâtes ton navire ce soir, à la lumière, tu en seras bien fâché, demain matin, » dit-elle, un coup de couteau donné mal à propos détruira toute ressemblance avec la *Surveillante*.

« La ressemblance n'est pas encore frappante, » disait Robert en riant ; Mme Delbarre lui fit un signe, le frère aîné comprit et se tut.

La reclusion n'était pas favorable au caractère de Jacques, accoutumé à courir depuis le matin jusqu'au soir, et qui se destinait à étudier scientifiquement l'agriculture.

« Dans deux ans j'entrerai à Grignon, disait-il.

En attendant les examens de Grignon, ceux de l'École polytechnique ou de l'École normale, les trois jeunes gens avaient jeté leurs crayons, leurs couteaux et leurs pinceaux à colle ; Blanche était encore couchée à terre, ramassant les morceaux de carton destinés à la construction du moulin ; Rose les avaient fait tomber en se retour-

nant dans son lit; à mesure qu'elle les apporta
sur la table, Marthe les examinait, les cla
sait; on avait tout retrouvé, sauf l'aile de droi
du moulin. Blanche promenait en vain le pe
balai sous tous les meubles, Rose se pencha
en avant pour aider la recherche de ses de
bons yeux; tout à coup, elle se souleva sur s
oreillers, passa la main sous ses couvertur
elle avait senti un morceau de carton dont l
pointes lui frottaient la jambe : c'était l'aile d
moulin! Toutes les briques furent disposé
dans une boîte. Le salon n'avait plus apparen
d'atelier lorsque Mme d'Avrigny rentra fraîche
souriante. Elle tenait à la main une touffe
cornes de bœuf en miniature.

« Regarde, » dit-elle à Robert, j'ai trouvé ce
dans la haie du chemin de l'église, elles sont
jeunes et si délicates que le froid les aurait infai
liblement tuées si elles n'avaient eu l'esprit
pousser sous les racines découvertes d'un vieu
tronc de chêne. Tu pourrais les placer, tell
quelles avec leur motte au pied de ta feuille d'*A dia
thum*, ce serait charmant. Voilà pour vous, m
petites filles, le premier signe que l'hiver com
mence de gré ou de force à desserrer ses liens.

Une petite branche mince, presque sèche, ton
bait sur le lit de Rose; des grappes légères enco
brunes et renfermées sous leurs premières env

loppes, pendaient par intervalles; les habitants des villes n'auraient vu dans cette tige de noisetier aucun indice des approches du printemps, les yeux des campagnards ne s'y trompaient pas.

« Ces bons petits noisetiers, les voilà qui poussent leurs boutons, comme s'il n'avait pas gelé à pierre fendre, » s'écria Jacques, tournant et retournant entre ses mains la faible branche; au même moment il jeta un cri.

M. d'Avrigny, entré dans le salon après sa femme, avait allongé le bras entre les deux petites sœurs. Dans sa main, clignant des yeux sous la lumière de la lampe, un petit écureuil effrayé et tremblant se pelotonnait comme pour échapper à des ennemis inconnus.

« Où l'avez-vous trouvé, papa?

— Comment avez-vous pu l'attraper?

— Ils courent et ils sautent si vite?

— On ne voit jamais que leur queue quand on croit les tenir.... »

Les voix devenaient si animées, et les questions se succédaient si vite sans que personne attendît les réponses que l'écureuil prit décidément peur et fit un effort pour bondir hors des mains qui le retenaient; par un mouvement rapide, M. d'Avrigny fourra son prisonnier dans la poche de son paletot. Mme d'Avrigny avait disparu, elle rentra bientôt.

Derrière elle, André apportait une grande cage grossièrement bâtie.

« La cage de ma chouette! » s'écria Pierre.

— Justement, » dit sa mère, « je me suis souvenue qu'elle était encore au grenier; nous l'avons époussetée, et nous allons y installer le petit écureuil. Il s'est probablement blessé en tombant, et le froid l'aura saisi sur la terre, car nous l'avons trouvé tout engourdi au pied d'un arbre. En regardant au travers des branches dépouillées, ton père a cru distinguer un nid. Ce pauvre petit n'a pas les membres cassés, nous l'avons examiné avant de l'apporter.

Rose et Blanche étaient folles de joie.

« Un écureuil! un écureuil vivant! » disaient-elles. — Nous avons eu toutes sortes de bêtes, jamais d'écureuil! »

« J'en ai eu un autrefois, » disait Robert, « plus petit que celui-là, Martin l'avait pris dans son nid; maman avait la bonté de lui donner du lait avec un biberon, comme celui d'une poupée; il est devenu grand, il se portait bien; pendant longtemps, il sortait de sa cage, à travers les barreaux; il courait dans la chambre, il se promenait sur la corniche de la maison, quelquefois sur les premiers arbres, et puis il revenait. Un jour, je ne sais pas s'il a rencontré quelques-uns de ses parents, il disparut, et je ne l'ai plus revu! »

Seulement, une fois en me promenant dans le bois de sapin, une grosse noisette est venue tomber à mes pieds, j'ai regardé en l'air, il n'y avait pas de noisetiers, je n'ai pas aperçu non plus d'écureuil, mais j'ai toujours pensé que la noisette était un présent de mon pauvre Raton. »

Les deux petites filles crièrent à la fois :

« Maman, pouvons-nous l'appeler Raton ? »

L'écureuil était installé dans sa cage. Les trésors particuliers des enfants contenaient une provision de noisettes. Non-seulement elles en recueillaient pendant tout l'automne, mais les pauvres gens soutenus ou protégés par Mme d'Avrigny, les enfants qu'elle habillait ou qu'elle envoyait à l'école, apportaient régulièrement leur offrande :

« Madame veut-elle accepter un petit lot de noix pour ces demoiselles ? elles sont bien belles cette année ! »

Lorsque les enfants étaient chargés de porter quelque remède ou quelques vêtements dans une chaumière, elles revenaient toujours les poches gonflées, quelquefois leurs mouchoirs avaient été mis en réquisition. Raton était assuré de sa provision d'hiver.

« Tout cela, » disait M. d'Avrigny, « me prouve qu'on pille mes bois ; les enfants cueillent des

noisettes, et les parents coupent mes jeunes
bouleaux pour faire des balais. »

Les petites filles protestaient toujours.

« Les enfants sont tout seuls, papa, c'est en
allant à l'école qu'ils cueillent les noisettes..... »

— Et ils font l'école buissonnière..... »

— Qu'est-ce que cela veut dire, mon père? »
demanda Marthe. « Cela signifie-t-il que les enfants s'arrêtent, auprès des buissons, au lieu
d'aller à l'école? »

Mme Delbarre intervint; M. d'Avrigny tordit
sa moustache, il n'était pas au courant de l'origine des écoles buissonnières :

« Autrefois, » dit-elle, « quand les pauvres
protestants étaient persécutés; pour apprendre à
lire, leurs enfants étaient envoyés secrètement et
non sans danger à des maîtres qui les ensei-
gnaient dans la campagne, à l'ombre des buissons. On s'apercevait souvent de leur absence
dans les écoles des ecclésiastiques, et lorsqu'on
découvrait qu'ils fréquentaient les écoles *buissonnières*, leurs parents étaient punis. A l'heure qu'il
est, les écoliers qui s'attardent en chemin cueillent des noisettes ou des mûres; ils ne se détour-
nent pas pour recevoir les leçons d'un maître
huguenot. »

Tout le monde riait, sauf Mme d'Avrigny.

« Quel bonheur de vivre dans un temps où la

berté de conscience est enfin reconnue! » disait-elle.

Sa mère devint sérieuse comme elle.

« Ce bienfait a été longtemps à venir, » dit-elle, et nous sommes quelquefois menacés de nous voir enlever, non plus par les croyants exaltés, mais par les fanatiques nouveaux, ceux qui ne croyent pas en Dieu ! »

« C'est lui qui nous gardera! » murmurait . d'Avrigny.

L'écureuil sautait dans sa cage, déjà récon-lié avec la captivité par l'abondance de ses pro-isions et ne fuyant plus les petits visages qui e pressaient contre les barreaux.

« Raton nous connaît, il nous aime beaucoup! » pétaient les jumelles en s'endormant. « Demain ous lui ferons une petite balançoire. Pierre a romis de nous aider! »

CHAPITRE XII

La Pièce de cent sous.

Raton était en possession de sa balançoire, dont il n'avait pas d'abord bien compris l'utilité; lorsque Blanche avait voulu le placer de force sur la petite barre, l'écureuil avait glissé dans ses mains, et remontant le long de son bras, il avait bondi hors de la cage, grimpant aux rideaux, s'accrochant aux cordes des tableaux et bientôt réfugié sur la corniche; on avait eu beaucoup de peine à le rattraper.

Tous les enfants étaient essoufflés. Rose elle-même, sans sortir de son lit, avait tant crié,

12

tant battu des mains qu'elle était retombée
épuisée sur ses oreillers.

Raton était rentré dans sa prison, mais il
était de mauvaise humeur, il se tenait en boule
dans un coin, n'avançant pas la patte pour
saisir les noisettes qu'on lui présentait.

Jacques et Blanche s'étaient bientôt fatigués
de leurs inutiles avances. Ils étaient de nouveau
occupés par les travaux de la veille; Jacques
avait repris son bateau; Blanche, debout à côté
de Pierre, qui venait enfin de se lever, le regardait coller, essayer, défaire dix fois les délicates
parties de la construction; les ailes du moulin
allaient être placées.

Robert dessinait la touffe de cornes de bœuf,
négligemment jetées au bas de son carton.

Seule, Rose examinait toujours le petit écureuil.

« J'ai peur qu'il ne soit malade, » disait-elle.

— Il est grognon, » répétait sa sœur tout absorbée par les progrès de l'édifice.

La petite malade poussa enfin un cri.

« Grand'mère! » disait-elle, « ma grand'mère!
Raton a fermé les yeux; je suis sûre qu'il est
mort! »

Le pauvre petit écureuil n'était pas mort,
mais il était malade, blessé sans doute à la suite
de son accident de la veille, par les coups qu'il

avait reçus dans sa course insensée le long des murailles, au sommet des armoires, sous les fauteuils et sur les cadres des tableaux ; il était haletant et respirait péniblement entre les mains de Mme Delbarre.

Elle soufflait doucement sur ses lèvres, et parvint à lui faire avaler quelques gouttes de vin. Il parut se ranimer.

« Donnez-le moi, grand'mère, » disait Rose, « donnez-le moi, je le réchaufferai. »

Bientôt, en effet, l'écureuil s'endormit, sa poitrine ne semblait plus oppressée ; Rose n'osait pas bouger, elle ne respirait pas, elle contemplait la petite créature qui s'appuyait contre elle.

« Maman ! » dit-elle doucement à Mme d'Avrigny qui riait en regardant le joli groupe, « maman, quand Raton sera guéri…. et moi aussi…. je l'emmènerai partout avec moi…. »

« Quand vous serez guéris tous les deux, » répondit Mme d'Avrigny, « tu feras de Raton tout ce que tu voudras ! »

Les enfants ouvrirent de grands yeux, leur mère n'avait pas coutume de s'engager par des promesses si téméraires.

« Comme maman aime Raton ! » disait Blanche à l'oreille de Pierre.

Le grand frère sourit :

« Comme maman aime Rose ! » reprit-il.

Mme Delbarre avait pris l'écureuil, elle lui
avait préparé un nid de ouate dans un coin de
la cage, Rose était encore trop faible pour porter
longtemps le petit animal entre ses bras, elle le
suivait des yeux avec inquiétude; quand la grand'
mère eut soigneusement installé le malade, elle
ouvrit sur la table, à côté du petit lit, le grand
portefeuille; des vieilles gravures, d'anciens portraits, des silhouettes noires, des découpures
fines et délicates amusaient et distrayaient l'enfant; peu à peu tous les travaux avaient été abandonnés, tout le monde se groupa autour du lit
de Rose; elle était enfouie sous les trésors que
Mme Delbarre exhibait les uns après les autres.

Jacques aperçut un petit feuillet qui attira son
attention.

« Qu'est-ce que c'est, grand'mère? » dit-il
« Pourquoi a-t-on dessiné là-dessus une pièce
de cent sous, sur ses deux faces? Il y a au bas
« Maison de santé, 6 août 1846? » Ce n'est pas
la date de la pièce, car elle est de 1826. »

La grand'mère regardait le papier qu'elle avait
repris des mains de son petit-fils.

« Je ne savais pas l'avoir encore » dit-elle
« J'ai dessiné cela pour me rappeler un jour
très doux et des leçons très utiles. J'espère que
j'ai un peu profité des leçons. J'avais presque
oublié le jour, 6 août 1846. Tu as raison, c'était

ne drôle d'idée, mais le souvenir en vaut la
eine. Je vais vous raconter cela ; ma petite
ose, sois tranquille, Raton est bien installé,
ne souffre pas beaucoup, je crois. Vous pouvez
ien travailler encore un peu, messieurs les ar-
stes, je n'ai pas besoin de lumière, puisque je
e lis pas, mettez-vous tous autour de la lampe.

« Vous savez que j'ai toujours été très-occupée,
u moins quand j'étais jeune encore, et qu'il
avait dans notre maison beaucoup plus d'en-
ants que d'argent. Je n'avais pas le loisir de sor-
ir souvent, et je ne pouvais guère m'occuper des
auvres. Quelques-uns venaient me trouver, et
e les soulageais de mon mieux, mais j'avais
efusé de faire partie des comités nombreux qui
oignaient les hôpitaux, les écoles, les prisons.
Plus tard, » disais-je, « quand je n'aurai plus
es mains pleines, quand mes enfants seront éle-
és et lancés dans la vie, je prendrai les pauvres
our leurs successeurs ; jusque-là, Dieu me les
confiés, et il n'en demandera compte qu'à leurs
arents. »

J'avais raison, je crois ; maintenant que j'ai
lu temps à moi plus que je ne voudrais, et que
'ai pu m'occuper des œuvres charitables, j'ai
ouvent regretté de n'avoir pas pu m'y consacrer
lus tôt ; je n'ai jamais regretté les heures don-
ées à mes enfants.

Parfois, cependant, même lorsque je suffisais à peine aux devoirs de chaque jour, il se présentait un moment de congé, un repos de quelques instants, et je prenais plaisir à visiter quelque établissement, à voir quelques malades.

Le 6 août 1846 était, je crois, un jeudi, un anniversaire, si je ne me trompe; votre grand-père avait emmené ses garçons au bois de Vincennes; une de mes amies était venue chez moi dès le matin pour enlever mes petites filles.

J'étais seule, et j'attendais une vieille dame, riche et bonne, que j'aimais beaucoup et qui m'avait promis de m'emmener avec elle dans une petite maison de retraite destinée aux pauvres, dont elle s'occupait avec beaucoup de sollicitude.

Nous étions dans une bonne voiture, commode et douce, les chevaux trottaient rapidement, les domestiques étaient empressés; tous les agréments d'une grande fortune m'entouraient en ce moment. J'en jouissais sans envie et sans regret; je me sentais riche, chez moi, du bonheur profond que Dieu m'avait accordé, et je n'aurais pas échangé le plus pesant de mes soucis contre les richesses de ma vieille amie, s'il m'avait fallu accepter en même temps la solitude et la tristesse de sa magnifique demeure.

La voiture s'arrêta devant une petite maison, fraîche et gaie, entourée d'un joli jardin. Nous

avions quitté Paris desséché par le soleil d'été ;
les feuilles des arbres couvertes de poussière, et
les trottoirs brûlants sous les pieds. Ici, nous
étions à l'ombre des grands platanes, des touffes
de fleurs égayaient les bords du petit Asile.

« Nous n'avons rien voulu qui sentît l'hôpital, » me dit mon amie, « nos vieillards s'y
trouvent bien, ils sont heureux. »

« Ils vivent loin de tous ceux qu'ils aiment, me
disais-je, et je sentais tomber sur mes épaules le
poids de la pauvreté et de la souffrance qui
avaient obligé tous les habitants de cette maison
à accepter la nécessité de la séparation. Je ne
pensais plus à la jolie voiture qui nous avaient
amenées ; nous venions d'entrer dans le vestibule. La directrice de l'asile nous reçut avec
empressement. Nous fîmes le tour des salles où
les vieillards, hommes et femmes, étaient rassemblés, causant, travaillant, lisant, dormant,
assis dans leur fauteuil, comme des gens fatigués qui se reposent enfin. Quelques-uns étaient
retenus dans leurs chambres, nous dit-on.

Mon amie m'attira dans l'embrasure de la
fenêtre.

« Puisque j'ai le plaisir de vous posséder
aujourd'hui, dit-elle, ce qui m'arrive rarement,
il faut que ma satisfaction profite à d'autres, et
que nos vieillards se réjouissent un peu de notre

visite. Dites-moi, que pourrais-je faire qui leur
causât quelque joie ? »

Je réfléchissais, mon amie reprit :

« J'avais pensé à envoyer chercher des gâteaux,
des fruits, du vin et à leur donner un petit
goûter. »

J'hésitais, la directrice s'approcha :

« Nous discutions ce que nous pourrions faire
pour amuser un peu nos vieillards. »

Cette fois, j'avais trouvé une idée.

« Voilà Mme Selbas qui connaît bien la maison
et qui vous dira ce qu'elle en pense, » dis-je en
me tournant vers la digne veuve chargée de gouverner l'établissement, « pour moi je crois que si
vous donniez à chacun de vos vieillards une petite
pièce, pour en faire l'usage qui lui convien-
drait, vous auriez plus de chances de leur
accorder une grande joie qu'en satisfaisant leur
gourmandise. Ils sont bien nourris, bien logés,
bien soignés, ils ne manquent de rien quant
aux besoins matériels ; mais il y a une chose
qu'un établissement de charité détruit nécessairement, c'est l'indépendance : vous rendriez un
moment ce précieux bien à vos pauvres amis si
vous remettiez entre leurs mains quelque argent. »

La directrice paraissait rêveuse, elle était un
peu étonnée de ma proposition :

« Vous avez raison, dit-elle bientôt, rien ne
pourra leur faire un plus grand plaisir..... et je
ne vois pas qu'il puisse y avoir aucun inconvénient.... le seul danger serait celui des liqueurs
fortes.....

« Ah! pour ceci, je crois que nous avons le
droit de ne pas pousser le respect de l'indépendance jusqu'à laisser pénétrer l'eau-de-vie et
l'absinthe dans l'asile des vieillards!..... »

Nous nous étions mises à rire toutes les trois;
mon amie appela son domestique, elle lui parla
un instant, je vis qu'elle lui remettait un billet
de cent francs. Un peu d'embarras me saisit, je
m'approchai d'elle.

« Pardonnez-moi, lui dis-je, j'ai parlé sans
réfléchir, et j'ai peur de vous entraîner à une dé-
pense que vous n'aviez pas prévue ou désirée. »

Elle tourna vers moi son beau visage, éclairé
par la douce joie de la charité.

« Je vous remercie, ma chère, dit-elle, vous
m'avez ouvert un champ de pensées tout nouveau, et quel plus grand plaisir puis-je avoir ici-
bas que de faire plaisir aux autres? Ces vieillards sont seuls en ce monde, pour la plupart;
ceux qui ont des familles ne les voient guère.
C'est un attrait de plus pour moi que cette solitude, je sais trop ce qu'elle pèse. »

Je me repris à penser à mon petit apparte-

ment, aux six enfants qui l'animaient, à l'uniqu
servante qui partageait mes travaux, et je bé
nissais Dieu dans mon cœur.

Le valet de pied était revenu ; suivant les ordre
de mon amie, il avait apporté vingt pièces d
cinq francs, grosses, rondes, comme celle don
je me suis amusée à dessiner le portrait, le soi
même après avoir couché tous mes enfants.

Mme Selbas souriait, un peu étonnée aussi de l
munificence du don.

« Venez, me dit mon amie, vous serez de moiti
dans le plaisir que nous allons leur faire
puisque l'idée vient de vous. »

Je résistais :

« Venez, » répéta-t-elle, et me saisissant la main
elle m'entraîna.

C'était l'heure du goûter.

On venait d'apporter dans la salle à manger
des plateaux couverts de tartines de confitures
ou de beurre ; « vous voyez que nous ne les
faisons pas mourir de faim, » dit la directrice
avec satisfaction.

Ma compagne s'était approchée de la table :

« Mes chers amis, » dit-elle, « j'ai bien envie
de vous faire à tous un peu de plaisir, mais je ne
saurais comment choisir ce qui pourrait vous
être le plus agréable. J'ai donc pensé, ou plutôt
madame que voilà a pensé que vous seriez bien

aises de disposer vous-mêmes d'un peu d'argent ;
permettez-moi de vous prier d'accepter chacun
une pièce de cent sous. »

En parlant ainsi, elle passait rapidement derrière les chaises, déposant son présent dans les
mains ridées qui s'étendaient vers elles, à côté
des assiettes, lorsque les vieillards troublés,
étonnés, nefaisaient aucun effort pour s'appro-
prier une part de sa libéralité. Lorsqu'elle eut les
mains vides, elle se retourna.

Quelques-uns des vieillards s'étaient levés ; une
vieille femme infirme qu'on avait amenée à grand'-
peine dans la salle, se pencha vers sa voisine qui
était sourde.

« J'aurai dès demain un caraco noir pour le
dimanche, dit-elle.

— Et moi, répondit l'autre, j'achèterai une livre
de thé, comme du temps où j'étais chez nous. »

Les vieux se promettaient une provision de
tabac. Une vieille femme se retourna vers la
directrice.

« Je pourrai avoir un bon sur la poste, n'est-
ce pas, Madame ? ma fille est loin d'ici, elle va
avoir son cinquième enfant. Elle sera bien contente de ces cinq francs, et moi aussi ! »

Au bout de la table, un vieillard n'avait pas
bougé, il n'avait rien dit : sans être aveugle, sa
vue était affaiblie, il distinguait mal les objets,

mais sa main serrait la précieuse pièce, et j'a-
perçus deux larmes qui coulaient lentement le
long de ses joues.

« Celui-là va changer son argent, » me dit tout
bas la directrice, « et tant qu'il aura un sou, je
le trouverai dans la boîte des pauvres ou dans
celle des missions. Il ne gardera rien pour lui. »

Nous avions fait le tour des petites chambres
où les malades et les infirmes étaient personnellement soignés ; la bourse de mon amie était vide,
elle avait laissé entre les mains de la directrice
tout ce qui lui restait.

Comme nous allions remonter en voiture, un
mouvement se manifesta dans la maison, le
bruit des pas alourdis par l'âge. Nous nous arrê-
tâmes, tous les vieillards avaient paru à la porte.
Un homme de haute taille, les cheveux blancs
comme la neige, marchant avec peine, se détacha
du petit groupe.

« Nous vous disons merci, mesdames, et que
Dieu vous le rende ! »

Je voulais parler et renvoyer à qui de droit
toute la reconnaissance. Mon amie me prit le
bras et m'emmena jusqu'à la voiture. Lorsque
nous y fûmes montées, elle se retourna vers moi :

« C'est moi qui vous dis merci, » dit-elle,
« sans vous je n'aurais jamais su le plaisir que
peut faire une pièce de cent sous ! »

Nous vous disons merci, mesdames, et que Dieu vous le rende !

Je la regardais avec quelque étonnement, j'étais beaucoup plus jeune qu'elle, mais je savais depuis longtemps la valeur de l'argent par une pénible expérience. Elle me comprit et rougit un peu.

« J'ai appris quelque chose aujourd'hui, répéta-t-elle. »

Moi aussi, j'avais appris quelque chose. Les promenades étaient achevées ; lorsque j'ouvris ma porte, tous les enfants, grands et petits, se précipitèrent dans mes bras, se félicitant de me retrouver comme si j'eusse été absente pendant un mois ; mon mari parut à la porte de son cabinet, aussi content qu'eux. L'asile des vieillards, tout propre et tout fleuri qu'il était, et malgré la joie inaccoutumé de ces pauvres habitants, m'avait fait sentir le charme de mon petit royaume de femme et de mère. Je le dis à mes enfants lorsqu'ils grimpèrent le soir sur mes genoux. Agnès, te souviens-tu de l'air grave de Suzanne, après avoir écouté l'histoire :

« J'aurais voulu être un des vieillards et avoir aussi cent sous, » dit-elle, « j'achèterais une belle robe à maman, qui en a bien besoin ! »

Ce soir-là, je n'avais besoin de rien : je le sentais, et je remerciais Dieu. »

« Et ce que votre grand'mère n'ajoute pas, » reprit Mme d'Avrigny, « c'est qu'au jour de l'an suivant, sa bonne vieille amie vint chez nous, ses poches pleines de petits porte-monnaie. Son expérience avait porté des fruits. Elle avait mis vingt francs dans chaque bourse, et vous pouvez vous figurer quelle source de plaisirs ces vingt francs ont été pour chacun de nous. Suzanne a eu le plaisir, avec un peu d'aide, d'acheter sa robe, et votre oncle Paul a possédé alors sa première boîte de compas.

« Et vous, maman, qu'avez-vous eu? » criaient les petites filles.

Mme Delbarre regarda sa fille en souriant.

« Elle a eu la robe de Suzanne, les compas de Paul, les livres de Marie, les gravures de Charles, les cartes de Henri, je ne crois pas qu'elle ait rien gardé pour elle. »

Rose serrait la main de sa mère qui riait :

« J'ai eu vingt sous, dit-elle, et j'ai acheté un rosier qui a fleuri dans notre chambre pendant deux ans! »

CHAPITRE XIII

Les Jeux d'esprit.

On était bien content dans le lazaret; Rose avait enfin reçu l'autorisation de sortir de son lit; sa mère la tenait dans ses bras, enveloppée dans une robe de chambre ouatée qui ne servait jamais qu'aux malades et qui résidait, en général, dans un carton sur le haut d'une armoire.

Une vieille dame, qui aimait beaucoup Mme d'Arigny et qui n'avait rien à faire, avait passé toute une année à effiler de petits morceaux de soie; elle avait garni une robe de cachemire de

13

ce léger duvet. Depuis cette époque tous les
petits enfants enrhumés de la Chênaie avaient jou-
joui du privilége de se voir roulés dans la
« belle robe de maman ».

Mme d'Avrigny ne l'avait jamais portée.

Rose caressait la joue de sa mère.

« Je suis très bien sur vos genoux, » disait-elle,
mais, pour la première fois, je suis un peu
fatiguée. Et puis je dois être si lourde ! Vous
n'en pourrez plus. »

La mère souriait ; au fond de son cœur elle
était triste. L'enfant lui avait paru une plume
lorsqu'elle l'avait enlevée dans ses bras.

Personne ne faisait du bruit dans le salon.

Jacques lui-même avait pris un livre, moyen
assuré de calmer son agitation ordinaire. Il
lisait très rarement, mais lorsqu'il rencontrait
une histoire qui l'intéressait, il était absorbé
par sa lecture. Mme Delbarre avait apporté de
Paris les *Indes noires* de M. Jules Vernes.

L'écolier turbulent ne tolérait pas un mouvement auprès de lui ; il avait repoussé Blanche
lorsque celle-ci avait voulu regarder les images
par dessus son épaule.

Pierre avait été obligé de reprendre le moulin
afin d'y apporter les derniers perfectionnements
en occupant la petite fille.

Marthe profitait de l'absence momentanée de

L'écolier turbulent ne tolérait pas un mouvement auprès de lui

Rose pour faire nettoyer à fond la *salle des filles*. On entendait Célestine qui battait les meubles et qui secouait rideaux et tapis.

« Quand ma chambre sera finie et qu'il y fera chaud, je me recoucherai, » disait déjà Rose.

On avait apporté la cage de Raton auprès du feu.

L'écureuil semblait mieux portant. Il grignotait des amandes de pin.

M. d'Avrigny était rentré, ses poches pleines de pommes de pin.

« Les camarades de Raton mangent tout, dit-il, je lui apporte sa part. »

On n'avait pas encore distingué la nourriture favorite du petit animal.

Le lit de Rose était tout prêt, ses draps bassinés, ses rideaux blancs relevés avec des rubans frais. Marthe avait sacrifié sa plus belle ceinture pour former de jolis nœuds sous les yeux de l'enfant chérie.

« Comme je suis bien ! » disait la petite fille, quand elle fut installée dans son nid. Elle avala une tasse de bouillon et s'endormit doucement.

Mme d'Avrigny ferma sans bruit les portes du salon. Assise dans une demi-obscurité, elle surveillait le sommeil de l'enfant, priant Dieu dans son cœur pour tous ses trésors, et par dessus tout pour celui qui semblait menacé. Ses mains

étaient jointes, appuyées sur ses genoux, lorsque
Rose ouvrit enfin les yeux. Elle aperçut sa mère
à la lueur incertaine du feu.

« Maman! comme vous avez l'air triste! »
dit-elle; puis tendant les bras :

« Venez ici que je vous repose, vous êtes trop
fatiguée. Oh! maman, je suis si contente! Je suis
si bien dans mon lit! Embrassez-moi et ouvrez
la porte! Je voudrais les embrasser tous! »

Ce fut Mme Delbarre qui ouvrit les battants;
elle avait entendu des voix, et elle redoutait,
pour la mère et l'enfant, la tristesse qu'elle lisait
dans le cœur de sa fille.

« Voilà Mlle Rosette réveillée, dit-elle, il est
temps que tout le monde en fasse autant. Nous
avons été si sages les uns et les autres que je
commençais à m'endormir aussi. Je n'ai l'inten-
tion d'ouvrir aujourd'hui ni mon portefeuille ni
mes souvenirs. Voyons, si entre nous tous, nous
aurons assez d'esprit pour nous amuser. »

M. d'Avrigny venait d'entrer, il se mit à rire.

« Dans tous les cas, ma mère, » dit-il, « personne
ne s'ennuiera jamais où vous vous trouverez. »

Mme Delbarre rougit légèrement.

« C'est un beau compliment que vous me faites
là, l'ennui est un mauvais hôte et un dangereux
conseiller qu'il faut mettre à la porte par les
épaules, mais ce n'est pas assez de me flatter;

il faut vous mettre là et jouer avec nous. Je propose de faire nos listes de héros ! C'est moins gai, mais c'est plus intelligent que les *conséquences.* »

— Va pour les héros, » dit M. d'Avrigny, « j'avais un peu peur des *bouts-rimés.* »

— Les bouts-rimés viendront à leur tour, » dit tranquillement la grand'mère, et je compte que vous ne vous laisserez pas battre par ces écoliers. »

Jacques avait fait la grimace, mais l'idée de voir son père obligé de faire des bouts-rimés le fit rire sous cape. Il résolut de ne pas penser d'avance aux siens.

« Nous verrons cela tout à l'heure, » pensait-il.

Robert était assis à côté du lit de Rose. Il lui expliquait le jeu des *héros.*

« Vois-tu, voilà une feuille de papier. J'ai écrit dessus :

« Quel est votre héros favori ? Votre héroïne favorite ? Quelle vertu vous est la plus chère ? Quel défaut détestez-vous le plus ? Quelle fleur préférez-vous ? Dans quel temps auriez-vous voulu vivre ? »

« Tu auras à répondre à toutes ces questions. Tu plieras ensuite ton papier en quatre, on les mettra dans la corbeille de maman, qui nous les lira tout haut, sans que personne les voie, et il faudra deviner qui a écrit chaque papier. »

— Mais maman verra l'écriture, » objectait Blanche.

— Maman ne sera pas chargée de deviner, elle ne dira rien.

— Et surtout il ne faut pas vous entendre pour écrire la même chose. »

Blanche tapa du pied :

« Je comptais sur Rose pour répondre à toutes mes questions, » dit-elle.

On criait de tous les côtés :

« Oh ! la paresseuse ! la paresseuse ! »

— Vous ne vous fâcherez pas si nos papiers se ressemblent, » dit Rose, « nous aimons toujours les mêmes personnes et les mêmes choses. »

Marthe regardait sa mère en riant. Toutes deux savaient que les jumelles, dans la pratique de la vie, étaient dirigées par la volonté de Blanche, mais lorsqu'il s'agissait de penser ou de réfléchir, l'ascendant revenait à Rose. Chacune gouvernait à son tour.

Toutes les têtes étaient penchées, toutes les mains couraient sur le papier ; seulement les petites filles écrivaient encore péniblement, et les doigts de Rose étaient faibles ; Blanche regardait sans cesse du côté de sa sœur ; on l'avait obligée de s'asseoir à la grande table, c'était

Marthe qui veillait aux besoins de la petite malade.

« Je ne sais pas quelle vertu je préfère ! » disait Blanche, et elle se penchait vers Jacques :

— Qu'est-ce que c'est qu'une vertu ?

— La vertu, c'est ce qui est bien, le vice, c'est ce qui est mal ; » répondit l'écolier trop occupé de sa propre composition pour se lancer dans des explications compliquées. Blanche riait, elle était satisfaite, elle acheva sa page sans autres questions.

Les papiers s'entassaient dans la corbeille placée sur la table. M. d'Avrigny méditait encore, les enfants criaient :

« Papa, tout le monde a fini !

« Pourquoi me donnez-vous des idées qui me font courir partout dans l'histoire ? » repartit le père en riant.

Il écrivit sa dernière phrase et jeta son papier à côté des autres, Mme d'Avrigny déplia le premier qui lui tomba sous la main. Elle lut :

« Christophe Colomb. — Jeanne d'Arc. — La Charité. — La Cruauté. — La Violette. — Le temps de Notre-Seigneur Jésus-Christ. »

« C'est Marthe, » dit Robert d'un ton assuré.

La jeune fille ne renia pas son œuvre, elle rougissait, son père lui mit la main sur l'épaule :

« Christophe Colomb! tu as bien choisi. C'est un héros dans le meilleur sens du mot. »

« Bayard. — Miss Nightingale. — La Droiture.— La Fausseté.—L'Acacia.—Notre temps.

« Robert ou Pierre ! dit M. d'Avrigny.

— C'est un héros sur terre, donc c'est Pierre, dit Mme Delbarre.

— Et l'acacia est sa fleur favorite depuis qu'il était un tout petit enfant, et qu'il faisait de guirlandes qu'il m'obligeait à mettre sur ma tête, » reprit Mme d'Avrigny.

« Mon oncle Paul. — Jeanne Hachette. — Ce qui est bien. — Ce qui est mal. — Les Roses blanches. — Le jour de l'an. »

Tout le monde se mit à rire.

« Ceci est signé ! » s'écria M. d'Avrigny. « Ma petite Blanche, ta définition de la vertu est large, mais il fallait choisir.

— C'est Jacques qui m'a dit cela ! » et Blanche cachait sa tête sur l'épaule de sa mère.

—Tu m'as demandé ce que c'était que la vertu

L'écolier se penchait vers Mme d'Avrigny, elle avait déplié un autre papier.

« Saint Paul. — Maman. — La Bonté. — Le Mensonge. — La Rose blanche. — Le temps de Jésus-Christ. »

« Ma petite Rose, tu m'as volé mon héros et ma vertu ! » dit la grand'mère, « je n'avais amais pensé à ta maman comme à une héroïne. »

Rose s'était redressée sur son lit :

« C'est par M. le curé que je l'ai entendu dire, » s'écria-t-elle, « le jour où il y a eu ce chien, dans le village, où tout le monde criait qu'il était enragé, sans que personne osât le toucher, tout le monde se sauvait ; maman nous a tous repoussés derrière elle ; nous allions à l'école, tu t'en souviens bien, Blanche, nous portions de l'ouvrage pour les petites filles ; quand le chien s'est approché, maman l'a saisi par le cou, elle l'a fait coucher à ses pieds, «..... et le pauvre chien qui n'était pas enragé du tout lui a léché les mains. » dit Mme d'Avrigny qui s'empressait de déplier un autre papier. « Ce qui prouve que le danger n'était pas bien grand. »

« Vous ne saviez pas d'avance que le chien vous lécherait les mains, maman ! il aurait bien pu vous mordre. M. le curé était tout essoufflé, tant il avait couru vite, mais il s'est retourné vers tous les gens qui étaient là, et qui n'avaient plus peur, et il a dit :

« Mes amis, remercions Dieu, Mme d'Avrigny est une héroïne ! »

Rose avait passé ses bras autour du cou de son père qui s'était approché pour l'écouter.

Il l'embrassa en la replaçant sur ses oreillers.

« Je suis de ton avis, » lui dit-il à l'oreille
« maman est une héroïne, et elle l'a témoigné
plus d'une fois, mais il ne faut pas le lui dire
cela la contrarie, regarde comme elle est rouge!

Rose était toute rouge aussi ; elle ne fut tran
quille que lorsqu'elle eut embrassé sa mère.

Tous les papiers étaient finis, la grand'mère
avait mis ses lunettes, elle riait en relisant la
composition de Jacques.

« Mathieu de Dombasle. — La bergère qu
combat les loups. — La Droiture. — L'Avarice. —
La fondation d'une grande colonie. »

« Ce qui m'amuse, » disait-elle, « c'est la
diversité des héros. Il semble que chacun de te
enfants ait choisi un patron sur les traces
duquel il ait envie de marcher....

« Blanche ne compte pas courir en mer comme
mon oncle Paul, » cria Jacques un peu décon-
certé d'avoir été si vite deviné.... « Et Rose ne
peut pas ressembler à saint Paul.... « Grâce à
Dieu, elle peut l'essayer, comme nous tous, dit
gravement M. d'Avrigny. « Robert n'a pas mal
choisi son modèle maritime, Collingwood est un
vrai héros, hardi et vertueux ; sainte Agnès....
je comprends. J'avais été sur le point de la
choisir pour héroïne, mais je suis comme Marthe,
fidèle à Jeanne d'Arc....

« Grand'mère a choisi une héroïne que je ne

onnais pas.... Mlle.... Mlle Salmont, qu'est-ce
que cela ? »

« C'est une héroïne de nos jours, une héroïne
de la guerre, une pauvre petite directrice de télégraphe, dont l'histoire a fait un peu de bruit, et
qui est déjà oubliée, » dit Mme Delbarre, « je
vous raconterai ce qu'elle a fait, mes enfants; il
ne faut pas négliger tout ce que nos malheurs
ont révélé parmi nous de courage et de dévouement patriotique; nous avons besoin de cette consolation. »

Tous les yeux commençaient à briller, on at-
tirait les chaises plus près du feu et du fauteuil
de Mme Delbarre.

« Demain, » dit-elle, en faisant un signe de la
main, « demain; nous n'avons plus que le temps
de faire un tour de bouts-rimés, » et tout de suite,
avant que personne eût eu le temps de protester :

« Il faut bien aiguiser un peu votre esprit,
mes chers amis, quand on vit à la campagne
neuf mois de l'année, et qu'on a par dessus le
marché la fièvre scarlatine, on deviendrait comme
les sultans de l'Orient si les vieilles grand'mères
racontaient toujours des histoires. Je vous propose ces rimes-ci :

> « Rose
> Sapin
> Éclose
> Lapin. »

« Vous dites qu'il n'y a rien à en faire, nous
allons voir. Pour cette fois, Rose et Blanche, vous
êtes admises à composer ensemble; on acceptera
votre association poétique. »

M. d'Avrigny tordait sa moustache :

« Puis-je m'associer avec ma femme? » demanda-t-il d'un air piteux.

« Pas du tout, » et Mme Delbarre lui passait
un papier et un crayon. « Vous êtes tenu de
travailler comme les autres. Vous êtes bien malheureux ! Je vous ai toujours entendu dire que
vous ne pouviez jamais trouver la rime : la
voilà toute faite, à votre service. A la bonne
heure, mes garçons, vous êtes déjà à l'œuvre,
on n'a que vingt minutes devant soi, je vous en
préviens. »

La grand'mère commandait toujours avec une
fermeté gaie qui n'admettait pas l'indécision et
ne provoquait pas la mauvaise humeur. Jacques
lui obéissait plus facilement qu'à sa mère, douce
et scrupuleuse dans l'habitude de la vie. Il riait
en ce moment, car il avait trouvé une idée :

« Vous ne serez pas très difficile, grand'mère? »
demanda-t-il, d'un ton suppliant.

— Je réclame aussi l'indulgence, » disait M. d'A-
vrigny.

— On ne fera pas attention aux petits défauts,
je vous le promets, et nous devinerons les

auteurs sans remarques malveillantes, » pro-
nonça la présidente qui essuyait ses lunettes.
Ses vers à elle étaient déjà faits.

« C'était bien commode pour grand'mère, »
disaient les enfants, « elle a choisi les rimes, et
elle a fait tout de suite son affaire. »

Rose et Blanche ne disaient rien, elles étaient
trop occupées dans leur petit coin :

« On lira les compositions à la file, » dit
Mme Delbarre, « si la signature éclate aux yeux,
on aura le droit de la proclamer, mais la dis-
cussion est interdite jusqu'à complète connaissance des pièces. »

Mme d'Avrigny riait :

« Il faut vous charger de présider la chambre,
ma mère, personne ne le fera avec autant de
lucidité et d'autorité. »

La vieille femme secouait la tête :

« Mes bons enfants m'obéissent parce qu'ils
m'aiment, » disait-elle, « les députés ne sont pas
si dociles. »

Elle avait pris le premier papier.

« Je propose un amendement, » et M. d'Avrigny
levait la main.

« Tu vois, » dit la grand'mère en se tournant
vers sa fille, « voilà déjà l'opposition qui s'a-
gite.

« Je propose, » reprit le père, « que chacun

lise son œuvre, en acceptant le poids de la res-
ponsabilité. Le court espace de temps accordé à
notre verve poétique ne nous ayant pas permis
de copier nos compositions, elles seraient illi-
sibles pour quiconque n'a pas l'habitude des
hiéroglyphes. »

« Approuvé par acclamation ! s'écrièrent toutes
les voix.

La présidente s'était appuyée sur le dossier
de son fauteuil :

« J'écoute ! » dit-elle avec dignité. « Nous pro-
céderons par ordre alphabétique et d'après les
noms de baptême. Madame Agnès, vous avez la
parole : »

« Ce n'est pas juste, » réclamait Mme d'A-
vrigny, « l'ordre d'âge eût mieux valu, » mais la
voix publique était contraire à la proposition, la
mère se vit contrainte de débuter :

> « L'aurore au ciel s'est levée rose ;
> Sous l'ombre épaisse du sapin,
> Broutant la feuille à peine éclose,
> Se jouent la biche et le lapin ! »

« Un murmure d'approbation sur tous les
bancs ! » constata la présidente.

— Blanche, c'est à toi, » criaient les garçons,
« tu es inséparable de Rose, mais on ne peut pas
lire tous les parents de suite ! »

Les deux petites filles venaient de finir, leurs petits doigts étaient tachés d'encre, Marthe avait à grand'peine sauvé les draps d'une terrible catastrophe, lorsqu'elle s'était aperçue que Blanche n'avait pas voulu se contenter d'un crayon. Ce fut Rose qui lut en riant la composition commune :

« J'appelai ma servante Rose :
Je vais chasser sous le sapin,
Car j'attends, sitôt la nuit close,
Ma gibelotte de lapin. »

Un cri s'éleva :

« Éclose ! Rose Blanche, c'était *éclose !*

« Nous l'avons bien lu, » dit Rose, « mais nous avons pensé qu'on pourrait dire : « nuit close ! »

— D'ailleurs on a promis de ne pas compter les petits défauts ! » reprit Blanche.

M. d'Avrigny passait la main sur les deux petites têtes :

« Je trouve vos bouts-rimés très jolis, » dit-il, « et beaucoup plus originaux que les miens :

La jeune fille dit à la rose :
« Fleuris à l'ombre du sapin, »
Mais sur la fleur à peine éclose
S'abat la griffe d'un lapin ! »

« Les lapins ont des griffes? Je croyais qu'ils

14

avaient des pattes, » disaient tout bas les enfants.

« C'est une licence poétique ! d'ailleurs j'ai été souvent griffé par les lapins blessés; » au milieu de ces exclamations, Mme Delbarre avait remis ses lunettes :

> « J'ai le front blanc, la lèvre rose,
> Je suis droit comme un vieux sapin ;
> Sur ma joue ma barbe est éclose,
> Devant moi s'enfuit le lapin! »

Des éclats de rire partirent de tous côtés.

« Voilà ce que c'est, vous êtes sortis du programme. Nous devions deviner les auteurs, et j'avais compté faire attribuer mes bouts-rimés à quelqu'un des chasseurs. Ma ruse est punie, elle n'est pas même cousue avec du fil blanc. Jacques, c'est ton tour. »

> « Mon jardin est petit, mais il nourrit la rose,
> L'œillet, la sauge et le sapin ;
> Le soir quand la nuit est éclose
> Le chou offre abri et couvert à Jean Lapin. »

« Combien crois-tu que ce dernier vers ait de pieds, mon garçon ? » demanda M. d'Avrigny.

« Pas autant que les lapins qui mangent nos choux dans le potager, » dit le futur agronome. « Depuis que le défrichement est achevé, et qu'ils se sont fait une gârenne sur le penchant de la colline, ils donnent toutes les nuits un bal dans le jardin, ça met Martin au désespoir. Il dit qu'il se mettra à l'affût derrière les poiriers.

« Je ne veux pas qu'on tire des coups de fusil près de la maison, » s'écria Mme d'Avrigny.

Son mari riait :

« Soyez tranquille, dit-il, j'aime mieux sacrifier quelques feuilles de choux. Marthe, mon enfant, c'est à toi de nous lire tes vers.

La jeune fille s'était assise à côté du lit de Rose, elle avait passé la main autour du cou de ses petites sœurs :

> « Dans mes bras je tiens Blanche et Rose ;
> Assise à l'ombre du sapin,
> Leur voix est douce, à peine éclose,
> Nul ne les fuit, même un lapin. »

« Nous aurions deviné ceux-là ! » s'écrièrent les garçons. « Tu n'es pas si perfide que grand' mère ! »

Pierre avait déjà pris son papier, comme pour se débarrasser d'une corvée :

> « Elle était pâle et pourtant rose,
> Petite à l'ombre d'un sapin ;
> La flamme en sa paupière éclose
> Eût donné du cœur au lapin. »

« Ce que j'admire, » et Mme Delbarre riait en

appuyant ses deux mains sur la table, « ce que
j'admire, c'est la variété de nos imaginations dans
un cercle aussi étroit : Voyons, Robert, as-tu
inventé quelque chose de nouveau? »

« Le bois est vert et la bruyère est rose,
Sur mon front s'étend le sapin,
A peine l'aube est-elle éclose
Et je cours chasser le lapin.

« Il n'y a apparemment que deux chasseurs
dans la famille, » dit M d'Avrigny, « l'un est
Robert, qui se destine à passer sa vie sur la mer
et ne tirera que les mouettes, et l'autre est ma
belle-mère, qui n'a peut-être jamais vu un lapin
en vie courir dans l'allée d'un bois. Et moi qui
ai toujours mon fusil sur l'épaule, Jacques qui
ne tire pas mal, Pierre qui serait un bon chasseur s'il n'avait pas peur de blesser les bêtes,
nous n'avons pas dit un mot des plaisirs de la
chasse. Modestie, modestie ! c'est une vertu que
personne n'a choisie tout à l'heure, mais il me
semble que nous la pratiquons....

« Est-ce votre discours qui en est la preuve? »
demanda malicieusement Mme Delbarre.

Et comme on riait :

« Je continue dans le même style, et je déclare
que nous nous sommes beaucoup amusés, parce
que nous avons beaucoup d'esprit. »

« Tout de même, » disaient les garçons, c'est un peu fatigant. Demain nous nous reposerons; grand'mère a promis de nous raconter l'histoire de son héroïne, la directrice du télégraphe. »

CHAPITRE XIV

Père et fille.

Rose n'avait pas pris froid en se levant, elle ne toussait pas, elle n'était pas enflée ; malgré la faiblesse dont elle se plaignait la veille, elle était pressée de recommencer son expérience. Elle tendait les bras à Marthe pendant que celle-ci peignait ses jolis cheveux blonds.

« Lève-moi, » disait-elle. La robe de chambre ouatée l'avait de nouveau enveloppée dans ses replis, et la petite fille, installée dans un grand fauteuil, appelait tout le monde autour d'elle.

« Je suis comme Raton quand il a froid et

sommeil, je suis pelotonnée dans mon petit coin, »
disait-elle, » mais je suis au contraire très
éveillée, et je voudrais bien entendre une histoire
ou jouer à un jeu, car maman m'a si bien emballée
que je n'ai ni pieds ni pattes pour remuer, il faut
qu'on soit assez bon pour m'amuser un peu. »

« Grand'mère a promis de raconter une histoire d'héroïne aujourd'hui, » dit Jacques.

Et l'enfant murmurait : « J'aimerais bien mieux
l'histoire d'un héros ; pourquoi ne nous raconte-
t-on jamais la mort de mon oncle Henri ? »

La mère l'avait entendu, elle lui fit un signe ;
Mme Delbarre venait de rentrer dans le salon,
elle paraissait émue, et ses mains délicates trem-
blaient lorsqu'elle prit comme de coutume le bas
qu'elle tricotait :

« C'était dans une petite ville du nord de la
France, qui n'était pas très éloignée de Paris ;
on s'était défendu dans les rues contre les Prussiens, et le combat avait été sanglant. L'ennemi
n'était pas accoutumé à rencontrer beaucoup de
résistance, il arrivait avec des forces accablantes,
une discipline et une organisation parfaites ;
nous étions sans officiers, sans ressources, sans
soldats bien souvent. Nos grandes armées avaient
disparu à Sedan et à Metz. On se battait cependant
bien plus qu'on n'a dit, et les traits d'héroïsme
isolés sont si nombreux qu'on les a oubliés dans

a souffrance et l'humiliation générales. Les
'emmes n'étaient pas moins courageuses que
es hommes.

Il en était ainsi dans le pays dont je vous parle;
aux environs de la ville se trouvait un joli châ-
eau, peuplé d'ordinaire par une famille nombreuse, heureuse et gaie; maintenant les hommes
le la famille étaient absents, servant leur patrie
à des titres divers; seule, une jeune femme était
restée dans l'habitation qui lui était chère, elle
gardait ses petits enfants, elle gardait aussi sa
maison, moins menacée, disait-on, si les maîtres
ne l'abandonnaient pas. Chaque jour, la jeune
femme descendait à la ville, soutenant et dirigeant le petit comité local, occupé, comme l'étaient
en France toutes les femmes, à préparer des
habits chauds pour les soldats dépourvus de ressources, des pansements pour les blessés. Elle y
rencontrait d'ailleurs une amie qui lui était
sincèrement dévouée, Mlle Salmon, la directrice
du télégraphe. La jeune fille avait été élevée au
château, elle était sœur de lait de Mlle d'Alias;
elle avait longtemps étudié avec elle; lorsqu'il
avait fallu gagner sa vie, Marguerite Salmon
avait désiré entrer dans l'administration des
télégraphes, peu à peu son avancement l'avait
amenée auprès du château et de l'amie qui lui
était chère, elle la secondait de tout son pouvoir.

L'approche des Prussiens étaient annoncée,
mais leurs mouvements restaient encore incertains.

« Veille sur ton télégraphe, Marguerite, » disait
son amie.

Mlle Salmon souriait :

« J'ai installé mon lit dans la chambre de
l'appareil, » disait-elle, « mon père couche à
côté ; la nuit comme le jour, nous instruisons
les généraux de ce que nous pouvons apprendre.
Ne savez-vous rien de nos troupes ? Il me semble
que nous restons bien abandonnés ici.

— Nous sommes abandonnés comme la France
entière, mais nous ne nous abandonnerons pas
nous-mêmes. Je retourne à Alias, Marguerite,
c'est dommage de ne pas pouvoir t'emmener, toi
et ton télégraphe. »

Toutes deux riaient, comme on riait dans ce
temps-là.

La jeune femme était fatiguée, elle venait de
dîner avec ses petits enfants ; ils étaient à genoux
autour d'elle, pour la prière du soir. Un grand
bruit se fit entendre sur la route, des pas
d'hommes et de chevaux.

Un domestique entra tout troublé :

« Madame, dit-il, voilà des troupes qui arrivent, beaucoup de troupes. Nous avions cru
d'abord qu'il s'agissait des Prussiens, mais ce

o sont des nôtres, il y a un général, ils s'en vont rejoindre une armée ; ce n'est pas l'armée de la Loire, je crois, mais je n'en suis pas sûr : on vous demande l'hospitalité pour cette nuit. »

La jeune maîtresse du lieu s'était levée :

« Pourquoi tant de paroles ? » dit-elle, « tout ce qui se trouve ici est à la disposition du général.

— Mais, madame, il y a bien des hommes, il n'y aura plus rien demain dans la maison, toutes nos provisions y passeront. »

Elle fit un geste de dédain.

« Priez les officiers d'entrer ici, » dit-elle, et ce fut entourée de ses enfants qu'elle organisa l'installation du corps français désordonné et presque débandé qui traversait le pays.

« Venez-vous pour défendre notre ville ? » avait-elle demandé au général.

— Nous sommes obligés de nous replier devant l'ennemi », repartit tristement le militaire.

« Se replier, toujours se replier » ! pensait la jeune mère. « Mon Dieu ! quand cela cessera-t-il ?

Les officiers étaient couchés, dans les meilleures chambres du château ; les soldats reposaient sur les bottes de paille étendues dans les remises, dans les orangeries, sous les hangars ; ils étaient à peine vêtus, car la jeune maîtresse du lieu

nieurs qui accompagnaient le corps prussiens
purent s'assurer que leur présence et leurs mouvements avaient été communiqués aux généraux
français postés non loin de là.

En partant, la jeune directrice du télégraphe
n'avait pas pris soin de cacher son triomphe
partout les Français devaient être sur leurs
gardes.

« Qui a fait ceci? Où est l'employé? » demanda
l'officier allemand avec colère. Toute trace de la
jeune fille avait disparu, son père avait fui comme
elle; nulle violence et nulle promesse ne purent
découvrir leur retraite.

Un Prussien s'était installé dans le bureau du
télégraphe. Bientôt un soldat vint l'avertir que
son travail était inutile. De place en place, à des
espaces irréguliers, les fils télégraphiques avaient
été coupés, toute communication avec les corps
allemands était impossible.

La colère des vainqueurs redoubla, une har-
diesse inaccoutumée avait ce jour-là déjoué tous
leurs efforts; ils étaient les maîtres de la ville,
mais ils comptaient dans leurs rangs beaucoup de
blessés et plusieurs morts. Ils étaient isolés dans
leur petite forteresse, incapables de rétablir sur-
le-champ les rapports interrompus avec leurs
compatriotes; le secret de leurs mouvements

avait été depuis plusieurs jours constamment épié et révélé aux généraux français.

« Nous ferons ici un exemple, » dirent-ils. « Si nous ne trouvons pas les coupables, nous tirerons au sort parmi les innocents. »

« Pardon, commandant, » dit l'un des officiers, « il n'y a pas ici d'innocents, tout le monde a attaqué nos soldats, et pas une maison ne s'est rendue à nos sommations. »

— C'est vrai, reprit le commandant, mais je voudrais cependant tenir les employés du télégraphe. »

Quatre soldats entraient au même moment dans la cour, ils conduisaient un vieillard dont ils avaient lié les mains.

« Commandant, » dirent-ils; « nous avons trouvé cet homme qui coupait les fils télégraphiques avec une serpe emmanchée au bout d'une perche.

« Ah ! » fit l'officier allemand en se retournant avec l'expression d'une satisfaction farouche :

« Et pourquoi avez-vous fait cela? »

— Je suis Français, répondit le vieillard.

— Français, je m'en doute, et brigand par dessus le marché; à quoi servait de détruire un instrument de civilisation? »

Un sourire effleura les lèvres du prisonnier.

« Vous n'avez pas pu faire passer vos dépêches à vos généraux.

— Ah ! » répéta l'Allemand, « et si l'on vous
laissait aller, que feriez-vous ?

— Je recommencerais ; je suis trop vieux pour
me battre, je puis encore vous faire du mal. »

— Qu'on l'emmène ! » ordonna le commandant.

Les soldats entraînaient déjà le vieillard.

« Qu'on lui bande les yeux ! » criait l'officier.

— J'ai un mouchoir dans ma poche. » Et le prisonnier faisait effort pour se servir de ses mains
liées ; les exécuteurs le fouillèrent avant de le
fusiller. Il tomba sans prononcer une parole.

Marguerite Salmon, réfugiée au château, dans
l'appartement même de son amie, ne sut pas que
son père était mort en assurant le succès de son
œuvre. Pendant huit jours, les Allemands furent
occupés à rétablir les fils télégraphiques. Le courage porte des fruits ; plusieurs fois pendant la
nuit, le travail du jour se trouva détruit.

« Ils sont enragés dans ce coin-ci, » disaient
les ennemis.

La société de Marguerite était un grand adoucis-
sement à la captivité volontaire de la jeune châ-
telaine ; la directrice du télégraphe n'avait pas dit
à son amie quel danger la menaçait ; toutes deux
vivaient avec les enfants, étrangères au tumulte
continuel qui s'élevait dans les cours, aux querelles des soldats avec les serviteurs du château,

Qu'on l'emmène ! ordonna le commandant.

aux joyeuses soirées des officiers qui épuisaient la cave.

Un soir, la mère était couchée, épuisée de fatigue, Marguerite veillait seule, dans la première chambre de l'appartement réservé ; deux petits lits occupaient un panneau ; en face, se trouvait a porte qui conduisait aux autres pièces ; la jeune fille lisait assise auprès d'une fenêtre entr'ouverte. Elle entendait du bruit dans l'escalier ; on ne faisait plus attention au bruit, la douleur fermait les yeux et les oreilles ; le bruit se rapprochait, la porte s'ouvrit avec fracas ; un soldat ivre s'avançait en chancelant, il tenait à la main un grand couteau et semblait à peine échappé à une rixe. Il marcha vers Marguerite debout à côté des petits lits, les yeux grands ouverts, pâle, avec le feu d'une indomptable résolution dans le regard. L'Allemand ne gouvernait évidemment ni ses mouvements ni sa colère ; il vomissait des injures que la jeune fille ne comprenait pas. Déjà il avait essayé de fouiller les petits lits, et Marguerite l'avait aisément repoussé. Il se dirigea vers la porte intérieure ; d'un bond, elle le devança et s'appuya contre le battant. Le soldat furieux avait levé la main, mais ses gestes étaient incertains, il laissa tomber son couteau ; Marguerite le ramassa, tenant en respect l'ennemi qui la menaçait toujours. Il se jeta sur elle :

l'arme fatale ne tremblait pas, la pointe était
tournée en avant ; l'insensé voulut saisir la jeune
fille, le couteau s'enfonça dans sa poitrine, il
tomba en poussant un gémissement. Marguerite
le regarda un instant, puis elle tomba à son tour
accablée par l'effort de la lutte et par l'horreur
du prix qui avait acheté sa sûreté et celle des
enfants qui lui étaient confiés.

La jeune fille ne devait pas mourir comme son
père, sous les balles de l'ennemi.

Les camarades du mort témoignèrent de l'état
d'ivresse et de fureur dans lequel il était plongé
lorsqu'il avait monté l'escalier sans qu'on pût le
retenir. La fière défense de Marguerite rencontra
quelque écho parmi les officiers chargés de la
juger.

« J'étais sans armes et il avait un couteau ;
Dieu l'a fait tomber de sa main, je ne l'ai pas
frappé, j'ai défendu mon honneur et la vie des
enfants, il s'est puni lui-même de son crime. »
La prisonnière fut envoyée en Allemagne.

Elle a vécu, elle est revenue, elle a retrouvé
son amie et les enfants qu'elle avait sauvés.
Quelque temps elle a continué d'habiter le
château, qui a été réparé après les ravages de
l'ennemi, mais rien n'a pu apaiser le trouble de
son âme, ni effacer de son esprit le souvenir du
soldat ivre, mourant à ses pieds et de sa main.

Il y a un mois, après deux ans de noviciat, je l'ai vue prendre le voile dans une maison de Carmélites. Elle a voulu consacrer le reste de sa vie à prier pour ceux qui ne savent pas prier. »

La grand'mère se taisait, mais les enfants écoutaient encore, saisis à la fois d'effroi et d'admiration.

« Elle a tort d'être fâchée, » dit enfin Jacques, « elle a bien fait.

— Elle ne pouvait pas faire autrement, » prononçait Robert.

Marthe et Mme d'Avrigny frémissaient sans parler.

A l'éclair des yeux de la vieille femme, personne ne put se méprendre sur la résolution qui eût guidé sa main en face de l'ennemi outrageant et menaçant.

« Elle a fait ce qu'elle devait ! »

Rose et Blanche se serraient l'une contre l'autre ; les longs plis de la robe de chambre les abritaient maintenant toutes les deux, et les jolies têtes semblaient sortir d'un même nid.

« S'il y avait là un méchant homme comme cet Allemand, » dit Rose très-bas, « c'est grand'-mère qui nous défendrait. »

Une voix douce répondit à la remarque de la petite fille ; sa mère s'était penchée vers elle :

« Jamais personne ne vous fera de mal, »

dit-elle, « sans passer d'abord sur mon corps. »

Le soir, M. d'Avrigny se retrouva seul avec sa femme.

« Pourquoi votre mère n'a-t-elle pas dit le nom de la ville? » demanda-t-il. Il me semble qu'elle a pittoresquement groupé quelques faits isolés; mais, si je ne me trompe, le fond de l'histoire s'est passé à Châteaudun.

— C'est pour cela que ma mère n'a pas prononcé le nom, » et Mme d'Avrigny tournait vers son mari des yeux remplis de larmes. « De tous ses enfants, mon frère Henry était, je crois, son favori; il était si beau, si bon, si brave, il l'aimait tant! Depuis cette terrible guerre, depuis qu'il a été tué à Châteaudun, dans la rue, en conduisant le pauvre petit détachement qui se trouvait dans la place, je ne crois pas qu'elle ait parlé de lui ou du lieu qui l'avait vu tomber. J'ai été surprise l'autre jour quand elle a énuméré ses enfants et qu'elle l'a nommé. Elle a peur de sa propre douleur, et elle ménage ses forces. Je ne l'ai pas vue à ce moment-là, puisque nous étions ici et que les miens étaient enfermés dans Paris, mais Suzanne n'oubliera jamais le visage de mon père et de ma mère quand ils sont revenus de leur pèlerinage à Châteaudun. Ils étaient partis le jour même où les portes avaient été ouvertes.

— Nul n'oubliera ces jours-là, » et la voix de M. d'Avrigny devenait sombre et brève. « Votre frère Henry n'a pas été le plus malheureux ! »

CHAPITRE XV

Le fabricant de paniers.

On était bien content à la Chênaie, les progrès de la santé de Rose devenaient évidents ; depuis que la petite fille avait quitté son lit, elle se fortifiait tous les jours.

Marthe lui avait mis une robe pour la première fois, mais Blanche s'était fâchée lorsqu'elle avait vu sa sœur debout. La longue maladie n'avait pas agi au même degré sur la croissance des deux jumelles ; Rose avait grandi plus que Blanche, et la ressemblance, si frappante naguère, allait s'affaiblissant. Blanche s'était jetée par terre, elle pleurait.

« Ce n'est pas bien, ce n'est pas juste, pourquoi
as-tu grandi plus que moi? Nous ne serons plus
pareilles; je suis trop fâchée, c'est ta faute, tu
n'avais qu'à ne pas t'étendre dans ton lit. Moi, je
me tiens toujours en petit peloton, tu as voulu
être plus grande que moi! »

Rose se défendait de son mieux, elle avait bien
envie de pleurer aussi. Marthe la fit prompte-
ment asseoir, par égard pour sa faiblesse; elle
avait grand'peine à ne pas rire du désespoir de
Blanche.

« Cela t'apprendra à ne pas te coucher comme
il faut, » dit-elle, « étends-toi dans ton lit et tu
rattraperas peut-être Rose. »

Cette consolation rendit un peu de courage à
Blanche. Il fallut veiller sur Rose, qui avait imaginé un bon prétexte pour se mal tenir :

« Je ne veux pas faire de la peine à Blanche en
paraissant plus grande qu'elle, » disait la petite
fille.

Robert avait repris ses dessins et quelques-uns
de ses livres, mais les maux de tête l'avertissaient
bien vite que les mathématiques et la fièvre scarlatine restaient d'irréconciliables ennemis.

Pierre était encore trop faible pour travailler,
souvent même pour lire; il causait avec sa mère,
il jouait avec les enfants, Mme d'Avrigny lui faisait parfois la lecture.

Jacques n'avait pas encore terminé son modèle de la *Surveillante*, auquel Mme Delbarre suggérait sans cesse des améliorations; on était trop heureux d'avoir découvert une occupation pour les doigts et l'intelligence de l'écolier, car les jours se succédaient sans apporter une modification sensible dans la température.

« C'est comme l'hiver de la guerre! » disaient tous les paysans.

« Vous avez du bois pour vous chauffer, et vous n'avez pas comme alors la mort dans le cœur!» répondit un jour Mme Delbarre.

Elle n'avait pas bien regardé l'homme qui était venu causer d'affaires avec son gendre.

Elle leva les yeux sur lui lorsqu'il reprit :

«Tant qu'on a eu l'ennemi devant soi, la colère tenait chaud! au camp, en prison, je ne dis pas, on a souffert! »

Le paysan était grand, naturellement robuste, mais ses joues étaient creuses, malgré sa jeunesse ; il toussait parfois et une épaisse cravate enveloppait son cou.

« Vous ne devriez pas sortir quand il fait si froid, Pellerin! » dit M. d'Avrigny, « vous ne vous êtes jamais bien remis !

— Il faut bien aller, sans quoi les affaires ne marcheraient point, M. Charles, ma femme qui s'en occupe autant que moi est en couches pour

l'heure ; elle était assez fâchée de me voir sortir
aujourd'hui. C'est vrai tout de même que depuis
le temps où nous avons passé cinq mois dans
la boue, sans pouvoir marcher d'une baraque
à l'autre sinon sur des planches, la fièvre nous la
souvent fait des visites, et on a quelque chose
qui vous tient toujours à la poitrine. C'est dur
d'être dans l'eau pour des hommes qui ne mangent pas leur saoûl, et qui ont du chagrin par-
dessus le marché. Il y en a bien qui ne sont pas revenus, et leurs mères ne veulent pas croire encore
qu'ils soient morts. C'était pas ça qui était difficile, l'embarras était de vivre, il fallait être d'un
bon bois, c'est ce que je dis à ma femme quand
elle s'inquiète. A revoir, M. Charles, voilà tout de
même que je ne vous dois plus rien. Vous ferez
excuse si je n'ai pas payé votre tan le jour de Noël
comme c'était mon devoir, il faisait si mauvais ce
jour-là, et puis ma femme avait peur de la fièvre
scarlatine.... »

M. d'Avrigny accompagnait le brave tanneur,
sa belle-mère restait pensive :

« Il ne vivra pas longtemps, » se disait-elle. « Sa
femme avait raison, nous sommes encore ici un
foyer d'infection. Agnès tient absolument à ses
six semaines, et le temps n'est pas propice pour
les expériences ; sans cela, je crois que Robert,
Jacques et Blanche pourraient bien se risquer un

eu dehors. Je vais proposer de les emmener demain déjeuner dans la salle à manger.»

Quelque craintive que fût Mme d'Avrigny, elle ne put découvrir aucun inconvénient à l'entreprise méditée par sa mère. Pierre n'avait pas relevé la tête pendant que Jacques sautait dans la chambre, ravi de revoir au moins les corridors, la vallée et les champs qui s'étendaient de l'autre côté de la maison. Bientôt une petite enveloppe vint tomber sur les genoux de Rose.

« M. le professeur Pierret prie Mlle Rosette de vouloir bien lui faire l'honneur de déjeuner chez lui, le jeudi 26 janvier 1877, à onze heures et demie.

R. S. V. P. »

Rose riait en regardant la lettre, elle riait en regardant Pierre.

« Qu'est-ce que veulent dire ces lettres là, » demanda-t-elle, en montrant à Marthe la dernière ligne.

« *Réponse s'il vous plaît*, » dit sa sœur, « est-ce que tu croyais comme un paysan d'ici que Pierre voulait dire : Rendez si vous pouvez ! »

Rose éclatait de rire.

« Je pourrais bien lui rendre son déjeuner, c'est maman qui les paierait tous les deux, et on les fera tous les deux à la cuisine. »

Pierre se leva avec dignité :

« Apprenez, mademoiselle, » dit-il gravement
que j'ai demandé et obtenu l'autorisation de faire
cuire des pommes pour notre dessert ; j'avais
élevé ma prétention jusqu'à la friture des pommes
de terre, mais on m'a fait remarquer que nous
étions comme le roi des huîtres, « pour faire
mes lois, je n'ai qu'une chambre, qui me ser
aussi de chambre à coucher », et que l'odeur de
la friture pourrait être malsaine, pour ne pas dire
désagréable à votre petite·Altesse. Je me suis
rendu à ce raisonnement, et madame votre mère
et la mienne a bien voulu, en récompense de ma
soumission, mettre à ma disposition un panier
de ses plus belles pommes. »

On riait dans la salle à manger, on riait dans
la *salle des hommes* au Lazaret ; les nouveaux
arrivants à la réunion de famille avaient fait
preuve d'un excellent appétit. Une grande corbeille remplie de houx, aux baies rouges, aux
feuilles luisantes, décorait le milieu de la table.
Marthe s'était enveloppée dans son grand manteau, elle avait mis ses bottes de sept lieues, e
elle avait réussi à dépouiller de quelques-unes
de ses branches un vieux houx dont le tronc
était à demi enterré par la neige. Les feuilles
arrondies et sans piquants témoignaient de l'âge
de l'arbre. M. d'Avrigny le faisait remarquer
ses enfants.

« Je ne suis peut-être pas encore assez vieille ! »
s'écria tout à coup Mme Delbarre avec un de ces
retours de vivacité auxquels elle était sujette,
« mais j'ai bien peur de n'avoir pas encore perdu
tous mes piquants.

— Ceux qui restent ne font de mal à personne,
ma mère ! » dit tendrement M. d'Avrigny.

Sa femme se taisait, émue jusqu'au fond de
l'âme. Chaque fois qu'elle retrouvait sa mère
après les longues absences qui les séparaient
souvent, elle se rendait compte de l'adoucis-
sement progressif et incessant d'un caractère
naturellement vif jusqu'à l'emportement.

« Ma mère, ma mère chérie ! » pensait-elle,
« chaque jour elle devient meilleure. Je ne voudrais pas voir toutes vos feuilles arrondies
comme celles de notre vieux houx! » dit-elle en
riant.

« Sois tranquille, » et Mme Delbarre baissait
un peu la voix, « je me fâche encore quelquefois,
même contre ton père. »

Tous les enfants s'étaient mis à crier :

« Non, non, grand'mère, cela ne se peut pas! »

Et Robert disait :

« Comme je serai content de revoir grand-
père! »

La vieille femme ne le répétait pas tout haut.

Chacun s'empressait de rentrer dans le salon ;

la famille n'était pas encore au complet, mais les
deux convives du Lazaret avaient flâné en préparant, puis en mangeant leur dessert, ils étaient
encore installés devant leur petite table parée,
comme celle de la salle à manger, d'une corbeille
remplie de branches de houx. Le panier des
pommes était à demi ouvert auprès de la cheminée.

M. d'Avrigny l'examinait d'un air de connaissance.

« Est-ce que je me trompe, Agnès, » dit-il, « ou
avez-vous tiré de vos armoires ce matin des
paniers qui m'intéressent et qui ne voient pas en
général la lumière du jour ?

— Ah ! vous les reconnaissez ? « et Mme d'Avrigny riait :

« J'ai trop de respect pour livrer l'œuvre de
vos mains aux ravages des enfants, mais ce
matin, Marthe était si fort en train de décorations
que je lui ai prêté mes paniers chéris ; vraiment,
ils sont encore bien jolis ! »

Tous les enfants s'étaient précipités pour exa-
miner le panier qui contenait les pommes, la
corbeille garnie de houx :

« C'est vous qui avez fait cela, papa ? » demandait Jacques. « Je savais bien que vous étiez
très-adroit, mais je ne vous connaissais pas ce
talent-là. Pourquoi ne faites-vous plus de pa-

niers? Nous en avons toujours besoin pour la ferme et dans la maison ! »

Le père brandissait au-dessus de sa tête la corbeille qu'il avait prise sur la table :

« Vannerie fine, monsieur, » disait-il, » vannerie superfine ! Comment osez-vous me parler de vils paniers à pommes ou à légumes ! je vous dis que cette corbeille se vendrait dix francs chez tout marchand boisselier de Paris. Vannerie de Vervins ! monsieur, et ceci est de la vannerie allemande, » ajouta-t-il en s'emparant du panier de pommes, « mais faite en France, avec la supériorité des doigts français ! »

Les enfants répétaient en chœur :

« Mais papa, à quelle époque avez-vous fait des paniers ? Quel âge aviez-vous ? Racontez-nous cette histoire !

— Je suis sûre qu'il y a une histoire ? » disaient les petites jumelles.

« Il y a une histoire, toute petite... »

M. d'Avrigny, au même instant, fut saisi comme un prisonnier par les bras réunis de ses enfants qui l'entraînaient vers un fauteuil.

« Et je veux bien vous la raconter puisqu'il paraît que vos histoires à vous n'en finissent pas de s'écrire, et que vous aurez repris la clef des champs avant de nous les communiquer. Donnez-moi ce panier que je le regarde : ma petite Rose,

16

si tu as enfin achevé tes pommes cuites, viens
t'asseoir sur mes genoux. Oui, Célestine, emportez
toutes ces assiettes et les restes du festin. Si vous
aviez les doigts assez forts, et surtout si vous
aviez assez de patience, j'enverrais chercher des
osiers et je vous donnerais une leçon de vannier.
Ce sera pour une autre fois, votre mère me
regarde en riant. J'avais vingt ans tout au plus
quand j'ai fait ce panier-là.

J'étais en vacances, j'avais beaucoup travaillé, les écoles et les examens ne m'attiraient
pas; je comptais couler ma vie ici et cultiver paisiblement mes champs, mais j'avais passé mon
examen de licence pour ma satisfaction person-
nelle et pour m'assurer que je n'avais pas perdu
mon temps au collége; j'étais fatigué et mon père
m'avait envoyé voyager. C'était avant le temps
où je me suis amusé à étudier la médecine. De
ville en ville, je rencontrais souvent quelque
parent ou quelque ami de ma famille, je pro-
longeais mon séjour dans les maisons hospita-
lières, et je n'avais pas encore dépensé la petite
somme que ma mère m'avait remis au départ.
Depuis huit jours déjà, j'étais chez l'un de mes
cousins, dans une famille nombreuse et gaie,
les jeunes gens étaient en vacances comme moi,
les filles du notaire étaient aimables, il y avait
là aussi une de leurs amies venue de Paris pour

quelques semaines, Mlle Agnès Delbarre, et nous causions, nous nous promenions, nous ramions le soir sur la rivière, sans nous inquiéter des petites chambres étroites où nous devions rentrer la nuit, de la modestie de l'ameublement et de la table. Jamais été n'a été plus charmant que cet été-là.

Quelquefois, par caprice ou par raison, les jeunes filles s'enfermaient dans leur chambre, elles avaient à travailler, disaient-elles ; nous nous trouvions alors un peu isolés, mes cousins et moi ; leur père s'emparait souvent de l'un d'eux, je me promenais seul dans les rues presque désertes de la petite ville, dessinant parfois une vieille maison qui me paraissait pittoresque, arrêté par un visage qui me frappait à quelque fenêtre ouverte. Dans une ruelle, une boutique à demi cachée par les piliers de bois qui soutenaient le premier étage de la vieille demeure attira mes regards. Je m'approchai pour reconnaître les traces de l'antiquité. Devant les vitres verdâtres, aux embrasures étroites de la façade étaient entassés des paniers de tout genre, grossiers pour la plupart et destinés aux ouvrages de la campagne. Dans un coin, à part, j'aperçus cependant des corbeilles du travail le plus fin, élégantes de forme et sans aucun rapport avec les marchandises qui les entouraient. Je pensai

à ma mère qu'on plaisantait toujours sur son
goût pour les paniers, et j'entrai dans la boutique.

Il y avait là un marchand très-jeune, plus
jeune que moi, à ce qu'il me sembla ; il rougit
quand je m'approchai de l'échafaudage des jolis
paniers. Sa figure était intelligente et fine.
Lorsque j'eus fait mon choix, je me retournai
vers lui. Je n'avais jamais perdu mes habitudes
campagnardes, et je m'intéressais volontiers à
ceux que je rencontrais, comme cela est facile
dans un cercle restreint.

« Où trouvez-vous des ouvriers pour ces charmants ouvrages ? » demandai-je. « Les achetez-
vous à Vervins.... en voilà même qui doivent
venir d'Allemagne ? » continuai-je, les goûts de
votre grand'mère m'avaient valu quelques notions
sur l'origine des paniers.

Le marchand avait rougi plus vivement encore.

« Mes paniers ne sont pas de Vervins, ni d'Allemagne, je les fais moi-même, monsieur, »
dit-il.

Puis répondant à un mouvement d'étonnement:

« Mais vous ne vous êtes pas trompé sur la
nature du travail, ma mère est de Vervins et m'a
enseigné les ouvrages de sa jeunesse. Elle a
voyagé autrefois en Allemagne, et c'est à elle
aussi que je dois ces petites valises et ces solides

Où trouvez-vous des ouvriers pour ces charmants ouvrages?

paniers. Monsieur est fabricant, sans doute? »

L'inquiétude se peignait sur le visage du jeune marchand.

Je me mis à rire.

« Je ne fabrique rien du tout, sauf mes devoirs, quand j'étais au collège, mais ma mère aime beaucoup les paniers, elle m'a expliqué la différence entre la vannerie de Vervins et la vannerie allemande, voilà tout. Je ne suis pas de ce pays-ci. »

Le jeune homme s'appuyait contre son comptoir, comme s'il avait le vertige; bientôt il se laissa tomber sur une chaise. Il était si pâle que je me retournai instinctivement pour chercher du secours. Je me sentis retenu par le bras :

« Pardon, monsieur, » murmurait le marchand, « pardon, cela va passer, n'appelez personne. »

Puis reprenant un peu ses couleurs....

« Je ne suis pas fort, » ajouta-t-il, « et j'ai eu peur.

— Vous avez eu peur que je ne fusse un rival, prêt à m'établir dans cette ville riche et prospère, mais je me demande déjà comment vous pouvez vivre ici; il n'y a personne dans les rues et qui est-ce qui achète vos paniers?

— On achète ceux-là. »

Et le vannier habile et expert me montrait d'un

geste de dédain les piles grossières des corbeilles et des paniers destinés aux paysannes.

« Personne, non, personne d'ici n'avait touché
à mes paniers à moi, depuis plus d'un an. Et
j'avais tant d'espoir quand je les ai faits ! »

Il soupirait tout en enveloppant mes acquisitions ; je m'assis à mon tour sur le comptoir.

« Vous n'êtes pas de ce pays-ci, pas plus que
moi ?

— Mon père était né dans les environs, monsieur ; quand il est mort, il y a cinq ou six ans,
ma mère a voulu revenir dans sa famille, elle
espérait y trouver quelques ressources, nous
n'avions manqué de rien tant que mon père avait
vécu ; j'allais à l'école, je voulais devenir institu-
teur ; pour cela, il faut de l'argent ; quand mon
père a disparu, nous n'avions rien, et ma mère
est tombée malade, elle est restée paralysée depuis deux ans.... »

Il avait baissé la voix ; une porte était entr'ouverte à côté de lui, je devinai que sa mère
était là.

« Et vous la faites vivre ? C'est pour elle que
vous avez renoncé à l'espoir d'une carrière qui
vous plaisait ? »

Mon nouvel ami leva les yeux sur moi :
« C'est ma mère, monsieur ! » répondit-il.

J'étais un peu confus, et je me préparais à payer

et à emporter mes paniers lorsqu'il reprit comme
un homme dont le cœur se dégonfle :

« D'ailleurs, j'avais espéré gagner assez pour
vivre et pour économiser un peu. Quand j'étais enfant, ma mère qui n'avait pas grande idée de mes
projets, avait absolument voulu m'enseigner son
ancien métier :

« Je te mettrai du pain au bout des doigts, » disait-elle. « Ma pauvre mère ! elle ne se trompait
pas ! Le pain ne nous a pas souvent manqué,
mais il a été bien sec !

— Vous n'avez pas rencontré d'appui, vous n'a-
vez pas trouvé de débouchés pour votre ouvrage ? »
demandai-je.

« Quand nous sommes arrivés ici, les parents
de mon père étaient morts pour la plupart, l'un
d'eux a cependant consenti à me faire les avances
nécessaires pour louer cette boutique avec une
chambre derrière pour ma mère ; je couche sous
mon comptoir, » ajouta-t-il avec un sourire qui
me fit mal. « Des débouchés pour mon ouvrage ?
Je ne connais personne et je n'ai pas d'argent
pour voyager. Ma mère peut vivre de ce que je
gagne par un grossier travail. Je devrais remercier Dieu....

— Écoutez », dis-je, « j'emporte ceci, et je vais voir
si je ne pourrais pas au moyen de quelques amis,
à Paris et ailleurs, vous aider à vendre vos mar-

chandises, à leur trouver un écoulement régulier,
à vous faciliter les moyens de vivre, au lieu de
végéter, » ajoutai-je avec l'imprudence de la jeunesse, car je n'étais pas sûr de pouvoir accomplir le rêve que je faisais briller à ses yeux et le
désappointement pouvait être amer.

Il s'avança vivement, comme pour me saisir
les mains; lorsqu'il s'arrêta par respect, ce fut
moi qui lui prit la main.

« Merci, Monsieur ! merci ! » murmurait-il.

Je repris :

« En attendant, comme je suis ici pour quelques
jours, chez mon cousin le notaire, si vous voulez
me donner quelques leçons de vannerie, je serai
enchanté de pouvoir à l'avenir réparer les paniers de ma mère quand ils seront cassés. »

Mes acquisitions ne firent pas grande sensa-
tion chez mon cousin; tout le monde avait vu
cent fois les paniers du jeune Mesnard, plusieurs
personnes en avaient marchandé, on les trouvait
chers; seule, Mlle Agnès Delbarre consentit à
admirer le travail et à s'intéresser à l'ouvrier:
elle me promit d'en parler à sa mère qui connaissait tant de gens et qui imaginait toujours
le moyen d'être utile aux autres.

Vous commencez à vous rappeler cette histoire, ma mère, et elle vous fait sourire. Vous
n'avez pas oublié la peine que vous avez dû

prendre pour mon petit marchand de paniers et peut-être les importunités d'Agnès en sa faveur?

Quoiqu'il en soit des souvenirs de votre grand'-mère, mes enfants, je continuai pendant quinze jours à prendre mes leçons de vannerie, il paraît que j'étais adroit, car je réussis très-bien; mon maître disait que j'avais appris plus facilement que lui, ma malle était pleine de paniers quand je quittai enfin la maison de mon cousin, le même jour que Mlle Delbarre. J'avais bien des choses à raconter à ma mère. Elle voulut bien s'intéresser à mon pauvre petit marchand, et lui fit une grande commande, mais elle était bien plus préoccupée du succès de Mlle Agnès. Vous savez que je me suis marié à vingt et un ans. »

Tous les enfants riaient, Mme d'Avrigny s'était rapprochée de sa mère, son mari reprit :

« J'ai rarement été plus content dans ma vie que le jour où je pus envoyer au jeune vannier une lettre d'un grand commerçant en boissellerie, demandant les prix et les quantités de corbeilles livrables en trois mois dans ses établissements de Paris. Les échantillons qu'avait emportés Mlle Agnès avaient été fort admirés ; je ne sais pas si dans le nombre, il n'y en avait pas quelques-uns de ma façon.....

Tout en prenant mes leçons de vannerie, j'avais pu m'assurer que le sentiment du devoir soute-

nait seul mon nouvel ami. J'entendais souvent sa
mère qui l'appelait d'une voix dure et sèche, j'a-
vais plus d'une fois involontairement saisi sur
son visage les traces d'une profonde tristesse.

Au milieu de ce bonheur qui inondait en ce moment mon âme, je pensais avec joie que la vie du
jeune vannier était devenue moins pénible et
qu'il ne souffrait plus de la misère. Un jour, je
reçus de lui une lettre cachetée de noir :

Monsieur, » disait-il, « vous m'avez rendu la vie,
il est juste de vous dire ce que j'en vais faire. Ma
pauvre mère s'est éteinte, il y a huit jours, vous
savez ce qu'était son existence et vous avez deviné la mienne. Dans les derniers temps, grâce à
vous, j'avais pu la faire soigner, ce qui m'avait
permis le soir de reprendre mes livres. On ap-
prend vite quand on n'est plus un enfant et
qu'on a un but. Je vais me présenter aux examens pour l'école normale d'instituteurs; j'ai de
l'argent, assez pour payer ma bourse, et je pourrai peut-être encore faire quelques paniers. Mon
fond s'est assez bien vendu. Je prie Dieu pour
vous tous les jours. »

Contre son habitude, Marthe semblait pressée
de parler.

« Papa, » s'écria-t-elle, « est-ce que votre ami....
le vannier.... n'est pas M. Mesnard, l'inspecteur
primaire ? »

M. d'Avrigny se retourna vers sa fille avec un peu d'étonnement.

« Oui, » dit-il, « mais comment l'as-tu deviné ?

— Une fois, quand j'étais toute petite, il était venu ici pour vous voir, il y avait de l'osier sur la table, je crois que maman avait attaché des rosiers, et tout en causant, il a fait un joli petit panier qu'il m'a donné en disant :

« Votre maman verra que je n'ai pas tout à fait oublié mon ancien métier, » et il a dit aussi : « Ma petite, vous aimez bien votre père, je ne sais pas si vous l'aimerez jamais autant que moi. »

— Mon pauvre Mesnard ! » reprit M. d'Avrigny, « je crois bien qu'il m'est très-attaché. Vous voyez maintenant comme il a fait son chemin ; il a achevé ses études à l'école normale ; votre grand'-mère qui n'abandonne jamais ceux dont elle s'est une fois occupée, avait obtenu pour lui une de-mi-bourse ; la seconde année, il était le premier de l'école, instruit par conséquent gratuitement. En sortant, il a été bien placé, sa capacité était hors ligne comme son zèle ; il a avancé vite ; main-tenant il est inspecteur, il est marié, bien marié, il a des enfants, il est heureux ; et nous ne fai-sons plus de paniers ni l'un ni l'autre, ce qui est peut-être dommage pour l'industrie de la van-nerie, » ajouta M. d'Avrigny, qui avait repris la

corbeille et qui la faisait tourner entre ses
doigts.

Tous les enfants voulaient apprendre à faire
des paniers.

« Je donnerai une leçon préparatoire demain »,
dit gravement leur père, « et j'éliminerai ceux
des candidats qui me paraîtront dépourvus de
dispositions. Si vous faisiez tous des paniers, il
faudrait transformer mes prés en oseraies et bâ-
tir une aile à la maison pour les contenir.

— Nous les vendrions, papa! nous les vendrions! » criaient les petites filles.

M. d'Avrigny se mit à rire.

« Pour faire le commerce des paniers d'une
façon avantageuse, » dit-il, « vous auriez besoin
de l'activité et de l'influence de votre grand'mère
et je crois qu'elle a dépensé tous ses talents en
ce genre, il y a vingt-deux ans, en faveur de
M. Mesnard. »

CHAPITRE XVI

Une volonté.

L'atelier de vannerie avait échoué d'abord, par une aventure humiliante pour le maître ; il avait oublié son art, et ses doigts devenus moins souples, cassaient son osier au lieu de le tresser finement.

« J'ai eu trop de prétentions, » avoua-t-il, « j'en suis puni ; au lieu de commencer par un travail ordinaire, j'ai voulu éblouir mes élèves par mes talents, et m'attaquer de suite aux choses les plus difficiles. Nous allons procéder plus modestement.

Marthe, je crois que tu pourras réussir. Je n'ai

aucune idée de Robert ni de Pierre. Jacques est
adroit; mes deux petites sont bien petites, elles
ne pourront pas encore faire grand'chose, il faut
plus de force qu'on ne se figure pour faire un
travail soigné. A Vervins, m'a dit M. Mesnard,
les enfants commencent les paniers et en exécu-
tent certaines parties mieux que leurs parents,
ils n'achèvent jamais rien. Les pauvres ouvriers
travaillent là dans des caves afin de conserver la
flexibilité de leurs osiers, aussi sont-ils souvent
perclus de rhumatismes avant même d'avoir atteint l'âge mûr. »

Tout en parlant, M. d'Avrigny avait posé les
fondements d'une petite corbeille et il dirigeait
doucement les doigts délicats de Rose qui cherchait à en tresser les côtés.

« Mes facultés me reviennent, » disait le père,
« je crois que je ne ferai plus de honte à mes anciens travaux, mais notre osier n'est pas fameux ;
décidément il faudra demander les conseils de
Mesnard et planter une nouvelle oseraie. »

Le salon d'hiver donnait tous les matins beaucoup d'ouvrage à Célestine, les petites branches,
les tiges fendues, les brins d'écorce se détachaient difficilement du tapis, et la femme de
chambre maudissait cette invention nouvelle.

« C'est vrai tout de même qu'il n'est pas commode de tenir des enfants enfermés dans leurs

chambres pendant six semaines quand ils ne sont plus bien malades, » pensait-elle, tout en répétant ses coups de brosse, « il fait un temps à ne pas mettre un chien dehors, et d'ailleurs ils sont au moment le plus dangereux pour les autres, nous aurions tout le pays avec la fièvre scarlatine si on les laissait sortir et voir du monde. Madame a raison, mais j'espère tout de même qu'ils ne feront pas longtemps des paniers, ils changent si vite d'idée, mais ils n'ont jamais des idées propres, c'est ce qu'il y a de pis! »

« Maman, dit Rose, Célestine prétend que nous sommes très-*contagieux* ces jours-ci, Pierre et moi surtout, et qu'il ne faut pas s'approcher de nous, si on peut l'éviter. Elle m'a dit, une fois qu'elle était de très-mauvaise humeur, qu'elle aurait demandé à s'en aller chez sa mère, si elle n'avait pas eu la fièvre scarlatine dans sa jeunesse.

— Elle n'en aurait rien fait, » et Mme d'Avrigny souriait : « Je sais tout ce qu'elle peut dire quand elle se fâche, et aussi tout ce qu'elle peut faire comme dévouement affectueux. Elle a raison cependant; vous êtes très-*contagieux*, et je ne vous laisserai voir personne avant le moment où je pourrai vous baigner tous. Quand il fera moins froid, par exemple; ma petite Rose, je ne te vois pas encore dans une baignoire. »

—C'est pour cela que vous appelez nos chambres

17

un *Lazaret* et que nous sommes en *quarantaine?* N'est-ce pas, maman, que ce serait mal si on avait une maladie très-grave et qu'on pourrait donner aux autres, de sortir de sa maison et d'aller chercher du secours? N'est-ce pas qu'il vaudrait mieux mourir tout seul, avec le secours de Dieu? »

Le doux regard de la petite fille exprimait tant de courage et de simple dévouement que sa mère la prit dans ses bras et l'embrassa.

« Ce soir, » dit-elle, « je vous lirai une petite histoire que j'ai trouvée une fois dans un vieux livre de Papa et qui m'avait tellement frappée que je l'ai écrite alors, pour la mettre à la portée de mes enfants. Je l'avais oubliée et je l'ai retrouvée en rangeant des papiers. Tu verras comment une population tout entière a compris et pratiqué ce devoir de mourir tout seul que tu as compris, toi aussi, mon enfant. J'en remercie Dieu. »

Rose embrassait sa mère, sans bien savoir pourquoi celle-ci était émue.

« C'est sûr, » se répétait l'enfant, « quand on a du mal, on le garde pour soi ; quand on a un remède, on le donne aux autres. Je voudrais avoir beaucoup de remèdes, comme le quinine que maman donne aux gens qui ont la fièvre. »

Malgré la fabrication des paniers, les dessins, les travaux à l'aiguille nouveaux et variés, tous les convalescents préféraient la fin du jour aux heures de l'après-midi, et ils attendaient avec impatience le moment des histoires.

« Nous devenons de vrais conteurs arabes, » disait Mme d'Avrigny.

Son mari riait :

« Vous gardez tous vos récits pour Rose et Blanche, vous leur dites constamment des choses très-intéressantes tout bas à l'oreille, mais pour le public vous ne prodiguez pas votre imagination; vous furetez dans les livres. Voyons ce que vous avez fait de mon vieil ami, M. Mompesson.

— Je n'en ai rien fait du tout. » Mme d'Avrigny retenait doucement son petit cahier. « Si vous avez à écrire dans votre cabinet, nous n'avons pas besoin de vous, Monsieur; à cette heure-ci, quand vous n'êtes pas le conteur en fonctions, vous êtes libre, vous pouvez retourner à vos affaires. »

Son mari s'était assis dans un grand fauteuil, prenant sur ses genoux ses deux petites filles :

« Je ne me laisse pas mettre en pénitence quand je n'ai pas fait de sottises, » annonça-t-il, puis très-haut et comme un président :

« La parole est à Mme Maman ! »

« Mon cher William, » disait un matin la femme du jeune pasteur d'Eyam dans le comté de Derby, « vous auriez bien besoin d'un manteau pour cet

hiver; on dit que Jones, le tailleur, a reçu de
Londres des échantillons de draps, vous devriez
choisir quelque chose de solide et de chaud. Il
fait humide dans notre vallée quand l'hiver
vient. »

M. Mompesson souriait : « Vous êtes bien
pressée ; nous sommes en été, le ciel est bleu au-
dessus de notre tête, les collines sont vertes
autour de nous, et vous pensez déjà à l'hiver, au
froid et à l'humidité. Ma bourse n'est pas si riche
que je sois curieux d'en tirer l'argent nécessaire
pour un manteau ; j'aimerais mieux l'envoyer à
ces pauvres malades qui tombent à Londres mois-
sonnés par la maladie, » et il se promenait de
long en large dans la chambre, répétant à demi-
voix la requête de la litanie : « De la peste et
de la famine, délivrez-nous, Seigneur ! »

Ses deux petits enfants entraient en courant
dans la chambre ; Georges tirait son père par le
pan de son habit :

« Papa, disait-il, Élisabeth est très-sotte, quand
nous jouons tous les deux au malade, et que nous
avons la peste, elle ne veut jamais mourir ! Ce
n'est pas juste, n'est-ce pas, Papa? On meurt
toujours de la peste ! »

Élisabeth s'était mise à pleurer.

« Je veux bien avoir la peste, si ça t'amuse, »
disait-elle, » mais je ne veux pas mourir, c'est

trop triste, cela ferait de la peine à maman. »

Tous les deux grimpaient e même temps sur les genoux de leur mère qui les embrassait, les yeux humides.

« Les petits enfants ont très-rarement la peste, mes chéris, » disait-elle, « et ce n'est pas un joli jeu, je suis comme Élisabeth, je trouve que c'est trop triste. »

— Oh ! quand nous jouons, nous sommes des grandes personnes, » disait Georges. « C'est bien assez d'être des enfants toute la journée. »

Il riait, sa mère riait comme lui, serrant ses trésors dans ses bras. Le soir M. Mompesson rentra en triomphe ; il avait atteint dans ses visites pastorales les dernières limites de la paroisse ; il était bon marcheur, il était pauvre et ne pouvait payer la nourriture d'un cheval.

« Tout le monde allait bien aujourd'hui, » dit-il, « je n'ai pas trouvé un malade dans les maisons ; quelques vieillards seulement assis au soleil devant leurs portes. Depuis qu'on a découvert ces mines de plomb dans la montagne, j'ai toujours peur de voir la santé de la population altérée, mais jusqu'à présent les mineurs se portent aussi bien que les laboureurs ; Dieu en soit loué ! »

— Quel bonheur de vivre à la campagne ! — et Mme Mompesson levait les yeux de son ouvrage pour regarder la vue charmante qui se déroulait paisiblement devant elle, la colline sur laquelle le village d'Eyam était bâti, la vallée à ses pieds, et le flanc verdoyant d'une montagne plus élevée qui limitait l'horizon, « ici nous n'avons rien à craindre des épidémies qui désolent les grandes villes. »

« Ici, comme ailleurs, nous sommes en la main de Dieu, » dit son mari, « mais il a assurément jeté notre lot dans des lieux agréables et un très-bel héritage nous est échu. » On s'endormit ce soir là en paix dans le petit presbytère.

Le soleil était levé depuis longtemps déjà ; il était environ six heures du matin lorsque le jeune pasteur entra dans son cabinet ; il avait à peine ouvert ses livres lorsqu'une servante frappa à la porte ; un malade faisait demander M. Mompesson. Betty avait l'air troublé : elle suivit son maître jusqu'à la porte :

« On ne sait pas ce qu'a Abner Smith, » dit-elle, « mais il crie de toutes ses forces qu'il est empoissonné ou qu'il a la peste ! Il était aussi bien portant que votre Révérence quand il s'est couché hier au soir. »

M. Mompesson se retourna.

« Betty, » dit-il, « vous ne direz rien de ceci à votre maîtresse jusqu'à ce que je sois rentré. Il est inutile de l'effrayer par les histoires du village ; » et il descendit la colline à grands pas.

Sa femme l'attendit en vain pour déjeuner ; Georges et Élisabeth, assis à droite et à gauche de leur mère, avaient bu leur lait et mangé leur tartine. Mme Mompesson avait plusieurs fois questionné Betty ; la brave fille gardait fidèlement son secret, mais elle ne pouvait s'empêcher de prendre un air important et mystérieux. Il était midi lorsque le jeune pasteur apparut à la porte de son jardin, il était accompagné par deux hommes auxquels il parlait avec animation. Il les congédia avant d'entrer. Sa femme était sortie au devant de lui.

« Comme vous revenez tard, » dit-elle, « vous devez mourir de faim ! Venez vite, votre déjeuner est prêt. »

Mais déjà M. Mompesson était dans la maison, escaladant à grands pas les marches du petit escalier ; il avait disparu dans sa chambre :

« Je viens, » criait-il, à sa femme, « laissez-moi le temps de changer d'habits. »

Lorsqu'il revint, Mme Mompesson recula d'étonnement et d'inquiétude ; dans cet instant, son mari avait coupé les longs cheveux qu'il portait pendants sur ses épaules, sans poudre, et sans perruque.

« Ce sont choses que je déteste et que Dieu n'a point faites, » avait-il coutume de dire. Cette fois ses cheveux étaient courts, irrégulièrement taillés par une main inhabile ; le désordre de sa toilette avait détourné les yeux de Mme Mompesson du visage de son mari. Celui-ci s'en applaudissait :

« C'est une lâcheté, » se dit-il bientôt ; « le temps presse et Rachel aura fort à faire dans sa maison avant de pouvoir partir de ce lieu. »

Il la regardait, attentivement occupée de préparer son déjeuner retardé.

« Rachel ! » dit-il à demi-voix :

Elle s'arrêta, laissant tomber la tartine qu'elle coupait et se retourna vers lui.

« Rachel! » dit-il, « le mal qui avait atteint naguère notre prochain arrive jusqu'à nous ; la main de Dieu s'appesantit sur notre vallée comme sur la grande ville de Londres. Abner Smith m'a fait appeler ce matin à six heures ; quand je l'ai quitté, il était mort de la peste ! »

La jeune femme poussa un cri étouffé, elle se rapprocha de son mari, fermant soigneusement la porte comme pour éviter que la fatale nouvelle se répandît.

M. Mompesson sourit tristement.

« Tout le monde le sait, » dit-il, « le village est en émoi ; j'ai pris le temps de venir vous prévenir, mais je suis convaincu qu'avant ce soir nous aurons d'autres malades. J'ai lu la terreur de la contagion sur des visages qui seront livides dans quelques heures. »

Le pasteur avait trop présumé des forces de sa femme; elle tomba à ses pieds les mains jointes et comme frappée à son tour par l'ange de la mort. Il se penchait vers elle pour la relever, mais elle le repoussa, déjà debout, et les yeux hagards :

« Vite, William, » disait-elle, « prenons chacun un paquet des hardes les plus nécessaires, demandons à Jones de nous prêter son cheval, et partons, partons au plus vite, le mal ne peut pas vous avoir encore atteint, vous ne courez point de danger, nous serons bientôt à Lulworth; de là nous irons où vous voudrez, il faut sauver les enfants.... »

Et comme son mari la regardait avec une douloureuse surprise :

« Je vous dis qu'il faut sauver les enfants, » répéta-t-elle; « c'est notre premier devoir; pourquoi êtes-vous resté chez Abner Smith quand vous avez vu qu'il avait la peste? »

Elle allait sortir de la chambre.

« Rachel! » dit M. Mompesson.

Elle s'arrêta.

La voix du pasteur était devenue sévère.

« Rachel! » répéta-t-il, « vous avez oublié mes vœux, antérieurs et supérieurs à mes devoirs envers vous et envers nos enfants, ceux que j'ai injurés devant Dieu, lorsque je me suis consacré à

son service. Je suis revenu ici pour préparer
votre départ, celui de Georges et d'Élisabeth,
mais moi je reste ici, au milieu de ceux qui
sont effrayés, qui souffrent, qui vont mourir.... »

L'émotion le gagnait, un amer désappointement avait envahi son âme.

« Ma Rachel, comment avez-vous pu croire un
seul instant que j'abandonnerais ainsi ma
charge ? »

La jeune femme baissait les yeux, tout à coup
arrachée au premier emportement de ses terreurs
de femme et de mère. Elle se rapprocha de son
mari ; la confiance et la résolution animaient de
nouveau sa physionomie candide ; elle levait sur
lui des yeux suppliants :

« Vous avez raison, William, pardonnez-moi !
Comment ferons-nous partir les enfants ? »

A son tour M. Mompesson parut troublé.

« Avec vous, ils partiront avec vous. »

Un léger sourire passa sur les lèvres de la
jeune femme.

« Moi, vous quitter au milieu du danger ? Vous
êtes marié à votre paroisse, et moi je suis votre
femme. Vous restez dans votre paroisse, et je
reste avec vous, cela est tout simple. La main de
Dieu sera sur nous. Les enfants iront chez ma
sœur. »

Le courage de la mère ne faiblit plus ; elle

avait imaginé en un instant le plan du départ. Les paquets des deux petits enfants étaient prêts.

« Vous les embrasserez une fois avant qu'ils sortent de la maison, » dit-elle à son mari. « Je les conduirai moi-même chez le vieux Robinson, il demeure trop loin du village pour avoir vu ce matin aucun des pestiférés.... Vous ne m'avez pas encore dit comment la contagion était arrivée ici.... Ah! ces échantillons de draps venus de Londres?... Et moi qui voulais vous faire faire un manteau !... Dieu sait ce qu'il fait, et pourquoi il nous envoie ses châtiments.... Robinson emmènera les enfants dans sa carriole; pour l'amour de nous, il ira bien jusqu'à Lulworth et ma sœur viendra les prendre.... nous ne les reverrons plus.... »

Elle ne pleurait pas, et sa voix restait ferme; seules les phrases saccadées et courtes, l'activité fébrile des mouvements trahissaient la souffrance intérieure.

Les deux petits enfants riaient et criaient, se poursuivant joyeusement de chambre en chambre, ravis de faire un voyage, d'aller en visite chez leur tante et ne comprenant pas la séparation qui les menaçait. Tout à coup, Élisabeth s'arrêta:

« Pourquoi ne prend-on pas la grande malle qui est là-haut dans le grenier, Maman? » dit-elle, « il faut de la place pour mettre vos belles robes et les habits de papa. » Les nôtres sont tout petits, mais ils seront un peu chiffonnés dans ce sac. »

Mme Mompesson secouait la tête.

« Votre tante Lizzie vous donnera ce qui vous manque, » dit-elle, et comme la petite fille, empressée de l'aider, apportait les petits manteaux de laine épaisse qu'ils avaient coutume de mettre en automne le matin et le soir, elle les jeta brusquement loin d'elle, « non, pas de laine, pas de drap.... Votre tante ne vous laissera manquer de rien, » et elle écrivit :

« Ma Lizzie, je t'envoie mes enfants, je te les donne. Aie soin qu'ils n'aient pas froid, apprends-leur à aimer Dieu, et tâche qu'ils ne nous oublient pas. »

Deux heures plus tard, le père et la mère avaient consommé leur sacrifice ; M. Mompesson était retourné dans le village, pâle et les yeux secs, après un seul et timide baiser sur le front de ses enfants ; la mère revenait à pied, descendant lentement le versant embaumé de la montagne, sous les rayons d'un soleil éclatant, la mort dans le cœur pendant les premiers instants. Georges et Élisabeth avaient pleuré en la quittant, un peu étonnés et effrayés ; ils riaient maintenant dans la charrette du vieux Robinson.

Il avait promis de les conduire à Lulworth et de les garder jusqu'à l'arrivée de leur tante.

« J'ai des parents là-bas, » avait-il dit, « et ils seront comme des petits coqs en pâte, on aura bien soin de leur faire faire leur prière. Nous aurons besoin de prières.... » ajouta le vieillard en baissant la voix.

Mme Mompesson s'était arrêtée derrière un rocher ; depuis quelques instants, ses pas s'étaient ralentis ; l'angoisse de son âme l'avait forcée à plier le genou, elle versait ses inquiétudes et sa douleur aux pieds de Dieu ; quand elle se releva, la paix avait reparu dans ses beaux yeux. « Les enfants sont en sûreté, » pensait-elle, « William et moi, nous mourrons ensemble pour la gloire de Dieu et pour le service de ses pauvres. Il n'y a plus rien à craindre maintenant, » et elle hâta sa marche, ordonnant en passant chez elle les préparatifs qu'elle crut nécessaires dans son inexpérience, rassurant Betty qui pleurait et prenant ensuite le chemin du village.

Lorsque M. Mompesson fut appelé dans la soirée auprès d'un nouveau malade, il trouva sa femme, debout auprès du lit, soutenant dans ses bras le mourant et le fortifiant par des paroles d'espoir et de foi. Quand le malheureux eut rendu le dernier soupir, ce furent les mains du pasteur qui le préparèrent pour son tombeau.

La terreur s'était abattue avec la maladie sur le pauvre petit village. Sept personnes avaient succombé dans cette première journée.

« Il faut régler nos affaires et convenir de nos projets, Rachel, » dit M. Mompesson en passant le bras de sa femme sous le sien, tandis que tous deux poursuivaient leur route sous le ciel étoilé, aucun nouveau malade n'ayant réclamé la visite pastorale.

« La peste sévit ici dans toute sa violence ; autant que j'en puis juger, et d'après ce que pense notre pauvre vieux docteur, elle est de la plus fatale espèce ; l'humidité de notre vallée, nos gorges resserrées entre les montagnes rendent la contagion rapide et inévitable ; au moins faut-il la concentrer. Si je puis l'empêcher par la grâce de Dieu, aucun de mes paroissiens n'ira au loin porter un mal sans remède. »

La mère souriait tristement.

« Deux de vos paroissiens sont déjà partis.... » dit-elle, et comme son mari la regardait avec surprise, « je dis deux, car ce brave Robinson me l'a dit lui-même :

« Quand les enfants seront en sûreté avec leur tante, je reviendrai à Eyam, pour vivre ou pour mourir dans ma vieille maison, auprès du tombeau de ma pauvre femme. »

Le pasteur écoutait d'un air distrait, préoccupé des résolutions fortes qui pouvaient sauver tant de vies.

« Grâces aux précautions que vous avez prises, je ne crois pas que les enfants puissent apporter la contagion à Lulworth, » dit-il; « voici ce que j'ai pensé, j'écrirai au comte de Devonshire à Chatsworth, il est propriétaire d'une grande partie des terres, et l'homme le plus considérable du comté; je lui demanderai de faire placer dans un lieu déterminé, à la maison de poste, par exemple, des provisions, des remèdes, des vête- ments, tout ce dont nous aurons besoin ici. Deux ou trois fois par semaine, quand il n'y aurait personne au lieu du rendez-vous, nous enverrions un messager avec une carriole; il rapporterait pour nous les nécessités de la vie, déposant en échange le paiement et une liste des objets demandés. A cette condition qui serait, j'en suis sûr, fidèlement observée, aucun des habitants d'Eyam n'irait au loin porter la maladie qui commence déjà à nous décimer. »

Mme Mompesson s'arrêta, écoutant le bruit du ruisseau se précipitant sur les cailloux, et le bruit du vent dans les feuilles.

« Un régiment posté aux passages des mon- tagnes n'empêcherait pas les gens du bourg de se sauver s'ils en avaient le désir, » dit-elle; « ils ont grand'peur, William. »

« Un régiment ne les arrêterait pas, » répéta le pasteur, « mais leur volonté et leur raison les peuvent retenir. J'ai cet espoir en Dieu de leur faire comprendre que le mal les a déjà atteints, s'il doit les atteindre, que le poison circule déjà dans leurs veines et que ce serait un acte d'inutile lâcheté de répandre au loin le danger et la mort. Au fond des âmes, il y a un vieux levain de courage et de foi simple ; j'espère y pénétrer, et m'en servir pour fixer la résolution de mon troupeau.... comme la nôtre est fixée, en Dieu seul. »

Le mari et la femme ne dormirent pas cette nuit là ; au jour, toutes les précautions étaient décidées ; lorsque le pasteur reprit le cours de ses visites, appelé successivement par des malades et par des hommes effrayés d'avance des terreurs de la mort, il prévint tous ses paroissiens que le service divin n'aurait plus lieu dans l'église.

« C'est un malheur qu'on n'a pu éviter à Londres, » dit-il, « que d'entasser les fidèles dans les églises, les exposant ainsi à une contagion d'autant plus prompte ; ici nous échapperons à ce danger en célébrant le culte de notre Dieu sur la montagne, en face de ses œuvres immuables ; elles nous rappelleront que l'Éternel est autour de son peuple dès maintenant et à jamais, comme les montagnes sont autour de Jérusalem. Nous nous réunirons sur la colline du Chat. »

En face de la colline du Chat, ainsi nommée par une tradition locale, s'élevait une seconde colline couverte d'une herbe fine et rare, sur laquelle paissaient souvent les troupeaux de la paroisse; c'était là que commençaient déjà à s'ouvrir les tombes. Dans sa douloureuse prévoyance, M. Mompesson avait résolu de ne point empester le cimetière, et de ne pas prolonger le mal de génération en génération dans cette demeure des morts que fréquentent souvent les vivants.

« La peste aura son cimetière, » avait-il dit à sa femme, « nous le fermerons quand la visitation de Dieu aura cessé.

— Dieu veuille que nous y descendions parmi les derniers ! » dit-elle avec calme, « ces gens-ci ont besoin de nous. »

Elle avait raison de parler ainsi, car la grande puissance d'une âme forte sur ceux qui l'entourent se déployait avec éclat dans le petit village perdu au sein des montagnes. A l'issue du service divin, célébré maintenant chaque matin sur la colline du Chat, le jeune pasteur avait expliqué en quelques mots les précautions qu'il avait prises pour assurer à ses paroissiens toutes les ressources nécessaires dans leur affreuse extrêmité.

« Je l'ai écrit à sa Seigneurie, » dit-il, « je

18

compte que nous saurons mourir ici comme des hommes, assurés qu'en portant au dehors le mal horrible qui nous a atteints, nous ne trouverions aucune utilité dans la fuite. Seule, votre volonté peut suffire à ce devoir, je me suis engagé pour vous. J'espère que vous ne me donnerez pas un démenti. »

Un long cri s'éleva dans l'assemblée.

Déjà quelques femmes, affolées par le désespoir et la peur, avaient commencé à faire des prépa-ratifs de départ, et la sentence d'une mort cer-taine semblait retentir à leurs oreilles lorsque la voix grave du pasteur s'éleva de nouveau.

« Je ne vous ai parlé que des raisons morales; que vous dirai-je de la foi, de la confiance en Dieu qui nous font une loi du dévouement envers nos frères? N'est-ce pas Lui qui fait mourir et qui fait vivre, et ne peut-il pas garder chacun de nous dans la paume de sa main au sein de la conta-gion comme dans l'air le plus pur? Ce qui im-porte, c'est de lui obéir, et de faire sa volonté. Or, sa volonté, c'est que nous l'attendions ici à notre poste comme des sentinelles vigilantes, au lieu de fuir comme des lâches qui désertent le combat. »

Un frémissement passait dans les rangs; les visages étaient redevenus sereins malgré leur tristesse; M. Mompesson connaissait bien ses paroissiens, il appartenait à la même race; comme eux il acceptait silencieusement le devoir, sans protestations et sans élan extérieur.

Il promenait ses regards sur les chefs de famille, sur les mères chargées d'enfants qui ne pouvaient pas, comme il l'avait fait lui-même, mettre en sûreté les créatures qui leur étaient le plus chères; dans tous les regards il lisait la résignation et le courage.

« Personne ne partira, » dit-il à sa femme, avant de se séparer d'elle pour accomplir, comme elle, la lourde tâche des soins matériels nécessaires aux malades qu'on exhortait cependant à bien mourir.

Personne ne partit. Le comte de Devonshire avait répondu à l'appel de M. Mompesson. Aux demandes inscrites par les paysans, par le médecin, par le pasteur, la charité publique ajoutait chaque jour des dons abondants. L'aisance régnait dans le petit village, où personne n'avait plus le temps de travailler, où la mort, sous sa forme la plus affreuse, moissonnait chaque jour plusieurs victimes.

« Il semble que nous vivions dans une atmosphère empoisonnée, » disait Mme Mompesson, « je respire la contagion avec chaque haleine; William, je vous en conjure, vous qui êtes bien plus que moi exposé à cet horrible danger, laissez le Docteur vous faire une écorchure quelque part; c'est une idée, je le sais bien, mais les journaux disent qu'on l'a beaucoup fait à Londres ; les gens qui avaient une plaie où s'accumulait le poison ne sont pas tous morts.

— Et combien y a-t-il de gens sains qui aient survécu? » demanda le pasteur qui regardait sa femme en souriant. « Etes-vous disposée à vous blesser aussi, dans un moment où nous avons besoin de toutes nos facultés et de toutes nos forces ? »

Elle secoua la tête.

« Vous n'y croyez pas, et je ne tiens pas à conserver ma vie; pour moi, je sais que je ne reverrai pas les enfants, mais vous, William, mais vous! Pour l'amour de moi, laissez faire le docteur ! »

—Je n'ai pas besoin du docteur, » et M. Mompesson avait pris une paire de ciseaux sur la table; avant que sa femme put arrêter son bras, il avait écorché sa jambe sur une assez large étendue.

« Si vous y trouvez un moment de repos, ma bien aimée, dit-il, cette écorchure me vaudra une grande joie. »

Elle s'était mise à genoux, étanchant avec son mouchoir le sang qui coulait. Elle le plaça ensuite dans son sein. « Tant que je vivrai, je garderai ceci en souvenir de votre tendresse, » dit-elle, les yeux pleins de larmes. M. Mompesson boitait en sortant.

Il ne quittait le chevet des mourants que pour exhorter les survivants, à la colline du Chat, de maison en maison. Chaque jour la petite congrégation devenait moins nombreuse, et les auditeurs passaient les uns après les autres à la colline du cimetière nouveau.

Le premier, le vieux Robinson avait servi de messager à la paroisse, se dirigeant deux fois par semaine vers la maison de poste afin de chercher les provisions du village. Il était mort et deux messagers avaient successivement subi le même sort. Aux listes de commissions déposées par eux, M. Mompesson ajoutait toujours l'extrait mortuaire des jours qui venaient de s'écouler. On frissonnait à Lulworth et dans les villes environnantes, mais aucun cas de maladie ne s'était manifesté. La volonté de Dieu et la ferme résolution du pasteur avaient cantonné le mal dans un seul district, héroïquement décidé à en accepter tout le fardeau.

La contagion diminuait cependant, il était temps, car le vieux médecin était mort; incapable et infirme dès le début, il avait bientôt succombé à la fatigue et au chagrin. Mme Mompesson avait vieilli, ses beaux traits s'étaient amaigris, sa taille élégante s'était courbée, mais elle avait suffi à tous les besoins, consolé toutes les douleurs, préparé chez elle la plupart des remèdes. Depuis que son mari avait consenti, par affection et par condescendance, à porter une blessure dont elle espérait son salut, le courage et la soumission de la jeune femme ne s'étaient pas démentis un seul jour ; elle paraissait infatigable, et depuis plusieurs semaines, elle avait aidé son mari à ensevelir les morts. La tendresse et le respect des survivants ne suffisaient plus dans les familles à ces pieux devoirs. Toutes les maisons avaient été visitées par la peste ; seul, le presbytère n'avait pas payé son tribut à la mort.

Un matin, à l'aube du jour, le jeune pasteur s'entendit appeler par une voix faible ; il reconnut à peine celle de sa femme.

« William, » disait-elle, « le jour est venu ! »

Et comme il se penchait vers elle, reconnaissant sur ce visage chéri les tristes symptômes qu'il avait tant de fois contemplés :

« Je n'ai aucune crainte de mourir. « dit-elle, « mais, William, il faut vivre pour les enfants. »

M. Mompesson était tombé à genoux, cachant sa tête dans ses mains ; il n'avait pas achevé sa prière et déjà la voix avait changé, le délire avait saisi sa victime ; la jeune femme croyait encore tenir ses enfants sur ses genoux.

Dès le premier instant, M. Mompesson n'avait

conçu aucun espoir ; il savait quels efforts de courage sa femme avait dû faire depuis le début de l'épidémie ; il l'avait souvent entendu prier pendant la nuit, demandant à Dieu la force de faire sa volonté, il avait suivi les progrès d'une fatigue dont elle-même ne se rendait pas compte, et dans le premier moment de la maladie, il avait fait à Dieu son sacrifice. Elle était là étendue sous ses yeux, paisible maintenant et sereine :

« J'attends l'aurore du jour éternel, » dit-elle, le soir, comme la nuit tombait. Son mari était à genoux à côté d'elle, lisant les prières des malades ; elle répondait encore tout haut, ses mains étaient jointes ; lorsque sa voix cessa, M. Mompesson priait encore, mais il était seul, sa femme était entrée dans la paix de Dieu. On trouva, sur son cœur, le mouchoir teint du sang de son mari.

Seule, elle devait reposer dans l'ancien cimetière, à l'ombre de l'église.

Les paysans avaient accepté sans objections les prudentes précautions de M. Mompesson ; parmi les survivants une députation se forma dans le village.

« Il faut que les anges de Dieu restent dans les environs de sa maison, » demanda le vieillard chargé de porter la parole, « elle ne nous a jamais fait que du bien pendant sa vie, elle ne nous fera pas de mal après sa mort. »

Le pasteur céda à cette touchante requête; il entoura d'une grille le tombeau de sa femme, afin d'être assuré que personne ne le troublerait par ignorance.

Il avait écrit à son ami et son patron, Lord Halifax.

« Mon courage défaillant se ranime à la pensée des joies ineffables dont elle jouit à cette heure. Je ne tarderai guère à la rejoindre et je suis assuré que vous choisirez pour me remplacer un serviteur de Dieu, modeste et zélé. Je vous recommande mes enfants ; quand vous priez pour ceux qui sont abandonnés, n'oubliez pas mes orphelins. Je suis en paix avec tous, et j'ai cette confiance que Dieu me recevra au nom de son Fils ; sa bonté surpasse toute intelligence et j'en ai fait l'expérience en mes douleurs. »

Le pasteur fidèle devait vivre encore, vivre longtemps et fermer les yeux de ceux qui avaient traversé avec lui les terribles jours de l'épreuve; pendant deux mois après la mort de sa femme, il porta seul le faix du jour; un moment il se trouva sans aucun secours dans le presbytère; Betty avait résisté jusque-là au chagrin comme à la fatigue, elle avait travaillé sans relâche à côté de sa maîtresse, puis à côté de son maître

M. Mompesson priait encore, mais il était seul.

abandonné. Elle succomba enfin à la contagion.

Le matin se leva, pur et brillant ; en vain sou-
pirait-on après la pluie, le soleil n'avait pas un
seul jour cessé d'éclairer les maisons désolées
et la poignée de fidèles qui se réunissaient encore
sur la colline du Chat. M. Mompesson attendait,
le repas n'était pas préparé, le feu n'était pas
allumé dans la cuisine, il monta et frappa à la
porte de sa servante.

« Est-ce vous, maître? » demanda-t-elle, et
sur sa réponse affirmative, « c'est Késia Higgs
qu'il faut chercher, elle viendra volontiers me
remplacer, maintenant que sa mère est morte ;
elle est honnête et propre.... »

La voix s'éteignait, M. Mompesson courut chez
Késia Higgs, bientôt installée au presbytère, à
côté du lit de Betty. La mort épargna la fidèle
servante ; lorsqu'elle redescendit dans sa cuisine,
faible encore et se soutenant à peine, elle jeta
autour d'elle un long regard, puis elle ouvrit la
porte du petit salon abandonné.

« Le Seigneur Dieu sait ce qu'il fait, » murmura-t-elle, « et je le remercie de m'avoir laissé
le temps de me repentir de mes péchés, mais
elle, pourquoi ne suis-je pas partie à sa place? »
Deux cœurs restaient douloureusement blessés
dans le petit presbytère.

Si le nombre des travailleurs allait décroissant,

la tâche devenait moins pesante, les cas nouveaux
de la maladie devenaient rares, et les pestiférés
n'étaient plus atteints d'une manière foudroyante ;
quelques-uns languissaient longtemps, d'autres
se guérissaient ; la bataille entre la vie et la mort
devenait moins acharnée, les convalescents er-
raient dans les rues du village, cherchant les
amis qui avaient disparu, étonnés eux-mêmes de
leur survivre.

Le pasteur commençait à sentir l'horreur des
jours qu'il avait traversés, simplement appuyé
sur sa foi, et soutenu par son Dieu :

« Ce lieu-ci a été un vrai Golgotha, » écrivait-
il à l'un de ses parents, « et nul, en dehors de
l'enfer, ne peut se figurer les spectacles dont
nous avons été témoins. La mort est entrée dans
soixante-treize familles et deux cent soixante personnes ont succombé; plus d'une centaine ont été
atteintes qui ont recouvré en quelque mesure la
santé ; il n'y a pas dans le village plus de cinquante créatures parfaitement valides. Je suis du
nombre, sans savoir pourquoi ni comment. J'ai
porté ma vie dans mes mains depuis plus de
quatre mois. Dieu n'a pas voulu en accepter le
sacrifice. »

Dieu avait imposé à son serviteur l'effort de
vivre et non celui de mourir. Il avait refusé de
quitter sa paroisse.

« Rien ne me séparera d'eux, » disait-il. Il vivait encore lorsque des laboureurs s'approchèrent imprudemment de la colline hérissée des pierres tumulaires indiquant le lieu où reposaient les victimes de la peste. Les uns après les autres, M. Mompesson avait fait ensevelir les vêtements que portaient les malades. Ce fut cette fosse que troublèrent les travailleurs ; la fièvre se répandit dans le village ; le vieux pasteur en fut atteint, il vécut assez pour voir le mal décroître et la santé reparaître parmi ses paroissiens.

« C'est encore la peste qui a enlevé M. Mompesson, » disaient les paysans pendant que les cloches sonnaient le glas funèbre ; tous comptaient les longues années de la vie du pasteur.

« Il a tout donné pour nous, » répétait-on dans les chaumières. A travers le délire de ses dernières heures, le vieillard, lassé dès le début de la carrière par un terrible fardeau, se reportait aux jours de l'épidémie, et il murmurait à demi voix :

« Pas un, pas un ne partira, nous nous offrirons en sacrifice vivant et saint. Que Dieu nous en fasse la grâce ! le brave peuple ! Il a tout souffert, sans murmure ! Rachel, remercions Dieu ! »

Désormais, tous deux remerciaient ensemble le Dieu qui ne les avait jamais abandonnés ! »

Mme d'Avrigny avait laissé tomber son petit cahier. Plus d'une fois sa voix avait été entrecoupée par les larmes. Plus d'une fois, en levant les yeux, elle avait rencontré les regards de Marthe attachés sur les siens, et tout en lisant elle se rendait compte qu'involontairement, en écrivant l'histoire de M. et de Mme Mompesson, elle avait donné à Rachel quelque chose de la timidité naturelle et de l'héroïsme secret qu'elle devinait dans le cœur de sa fille. Les exclamations, les remarques se croisaient autour d'elle. Blanche ne pouvait pas prendre son parti de l'éloignement des petits enfants.

« Ils auraient mieux fait de les garder, » disait-elle ; « si j'avais été Georges, je ne serais pas parti ; maman n'a pas renvoyé Marthe, quand nous avons commencé à être malades ; elle l'aime bien autant qu'on pouvait aimer Georges et Élisabeth. »

M. d'Avrigny souriait.

« On n'aurait pas pu se passer de Marthe, » dit-il, « on se passe très-bien des petits enfants. Si vous n'aviez pas été rouges comme des écrevisses, je vous aurais fait partir pour Paris. »

Les deux jumelles sautaient dans la chambre.

« On ne pouvait pas se débarrasser de nous si facilement, nous aurions donné la fièvre scarlatine à tout le train ; un train rouge ! »

Jacques était resté appuyé sur la table, la

tête dans ses mains. « Si Mme Rachel n'avait pas forcé son mari à s'écorcher la jambe, je crois que je l'aimerais encore plus que lui.... mais cela.... c'était une bêtise..... une superstition du temps.....

— Ce qu'il y a de plus beau c'est d'avoir réussi à persuader à tous qu'il fallait mourir sans chercher à fuir Eyam ! » dit Pierre arraché par sa profonde admiration à une certaine apathie qui résultait encore de sa faiblesse, « on peut mourir en paix après un tel triomphe. »

Mme Delbarre avait mis la main sur l'épaule de son petit-fils :

« On peut toujours mourir en paix, quand on sert Dieu et qu'on se confie en lui, » dit-elle ; « le triomphe n'était pas celui de M. Mompesson, mais bien celui de la foi et de la soumission.

— Ma mère, ne dépréciez pas trop les hommes, » disait M. d'Avrigny, « Dieu se sert d'instruments pour accomplir sa volonté ; avouez que le pauvre pasteur d'Eyam l'a glorieusement servi.

— J'avouerai tout ce que vous voudrez, » et Mme Delbarre s'approchait de la fenêtre soigneusement cachée par de lourds rideaux. « J'avouerai même que j'ai les deux épaules percluses de rhumatisme, et j'en conclus que le temps change. Qui sait si nous n'allons pas sortir enfin du froid et de la neige ? »

Tous les enfants s'étaient élancés vers la croisée, les garçons appuyaient déjà leur front contre les vitres soutenant qu'elles étaient humides.

« Pauvres prisonniers qui attendez la délivrance, » dit leur mère, « je vous engage à vous rapprocher de la cheminée, j'ai beau faire, le vent souffle par toutes les fentes des vieilles boiseries, et si vous vous enrhumez vous ne pourrez pas sortir. »

Elle avait retenu Rose sur ses genoux, et la petite fille se cachait dans ses bras.

« Moi, je suis dans mon nid, » murmurait-elle.

Marthe était restée debout à côté de la table, tournant les feuilles du petit cahier qu'avait posé sa mère.

Celle-ci la regardait en silence.

« Maman ! » dit la jeune fille, « c'est une belle chose de mourir pour Dieu !

— C'est une belle chose de vivre pour Lui, » et le regard de la mère enveloppait tous les objets de sa tendresse. « Pourvu que ce soit pour Lui, tout est bon, tout est beau, vivre ou mourir ! »

Les garçons avaient quitté la fenêtre; sans rien dire leur père était sorti de la chambre, jetant sur ses épaules un manteau suspendu dans le vestibule; il sondait du bout de sa canne les amas de neige, entassés des deux côtés de la porte. L'air était froid encore, mais moins pénétrant, des nuages épais s'avançaient lentement, deux courants de vent se partageaient les cieux.

« Cette nuit, à l'heure du débat des flots, le temps changera, » dit Martin qui était venu rejoindre son maître devant la porte, « c'est toujours comme ça quand la marée ne monte plus, avant qu'elle commence à baisser, il y de la bataille entre les vents; celui qui cèdera cette fois, ce sera le Nord ou je serais bien trompé. M. Robert doit être pressé de pouvoir sortir. Il n'a pas eu d'agrément ces vacances-ci. »

M. d'Avrigny regardait le ciel, il se retourna :

« Martin, » dit-il, et sa voix tremblait un peu, « sur mes cinq enfants malades, trois ont été en grand danger, et ils sont tous là aujourd'hui. Nous ne nous plaindrons ni de la fatigue, ni de l'inquiétude, ni de l'ennui. »

— Vous avez raison, M. Charles, » dit gravement le vieux paysan.

« Hourrah ! » criaient les garçons dans leur chambre.

« Hourrah ! » répondaient Blanche et Rose, toutes deux suspendues aux mains de leur sœur aînée. « Marthe ! il faut aussi crier hourrah ! La neige a diminué de moitié pendant la nuit; il y a partout des petits ruisseaux dans la cour !

— Et le vent a sauté au Sud ! » criait Robert.

9

— Il a mis le temps pour faire son saut! » répondirent les petites sœurs.

« C'est qu'il avait les pieds gelés! »

Et Jacques tapait à la porte de la *salle des filles* :

« Peut-on entrer? Robert et Pierre sont encore dans leurs lits comme deux paresseux. »

Marthe ouvrit, le feu brillait gaiement dans l'âtre.

Blanche assise auprès de la cheminée, soigneusement enveloppée dans une petite robe de chambre bleue et blanche, attendait que sa sœur achevât de peigner ses cheveux épais.

« J'espère qu'ils ne tomberont pas, » disait-elle, en caressant les tresses à mesure que Marthe les relevait sur sa tête.

Rose était encore dans son lit, mais ses oreillers avaient été secoués, elle était assise, sa poupée dans les bras. Jacques fit un geste d'admiration.

« Depuis que maman ne nous veille plus et qu'elle ne vient pas dans notre chambre avant le jour, nous n'avons plus toutes ces gâteries dont vous jouissez ici, grâce à Marthe. Pierre allume le feu quand il se décide à se lever, Robert jette les oreillers par terre, et moi, ce matin, j'ai retourné mon lit en sautant par-dessus....

— Les femmes sont bonnes à quelque chose après tout! » criaient les deux petites filles.

« Maman et Marthe ! voilà tout ! » proclama l'écolier qui se sauva.

Blanche le poursuivait le petit balai à la main.

C'était à grand'peine que M. d'Avrigny avait obtenu de sa femme une salutaire négligence à l'égard de la chambre de ses fils :

« Ils ne sont plus malades, plus du tout ; Pierre ne tousse plus, il reprend ses forces chaque jour, si vous prolongez indéfiniment leur convalescence, que deviendront-ils quand il faudra recommencer à aller en classe, et retrouver les petites mansardes sans feu de la bibliothèque Sainte-Geneviève ? »

La mère avait cédé, mais elle soupirait chaque matin en ramassant les habits épars, en suspendant les serviettes, en balayant le foyer.

« Heureusement, pensait-elle, que nous les accompagnerons à leur départ pour Paris ; ma mère comme Charles, et Charles comme ma mère, les croient plus forts et mieux remis qu'ils ne le sont en réalité. »

Les inquiétudes maternelles seraient insupportables et affaiblissantes si elles ne pouvaient être calmées par la confiance en Dieu.

Mme d'Avrigny regardait ses six enfants, pâles encore et un peu maigres, mais vivants et bien portants ; elle regardait les branches des arbres

dégagées de la neige et du givre se détachant
sur un ciel gris et sombre, chargé de nuages
et de pluie, présage cependant de la délivrance.
Les murailles de la vieille maison étaient humides; partout, en posant la main, on la retirait
mouillée, les pierres de l'escalier avaient changé
de couleur; à la Tour du Nord l'eau ruisselait
le long des feuilles de lierre.

« Les chemins sont impraticables, » annonçait
chaque jour M. d'Avrigny.

Mme Delbarre riait :

« Il faudra cependant que je parte, dussé-je
monter sur le dos d'un de vos cygnes, comme
une des sorcières du Nord ! Votre père a perdu
patience pour la première fois de sa vie; d'ailleurs il faut faire du feu et ouvrir les fenêtres
dans toutes vos chambres, vous ne tarderez pas
à me suivre ! »

Mme d'Avrigny ne demandait pas mieux, le
séjour à Paris était pour elle un temps de repos,
elle se laissait soigner et gâter par sa mère.

« Que serais-je devenue sans vous pendant
qu'ils étaient malades, et surtout depuis qu'ils
sont en convalescence? » disait-elle.

La vieille femme riait.

« Tu serais probablement tombée malade à ton
tour, et tout le monde aurait oublié ses maux
pour te soigner. J'ai dérangé ce beau dévouement

en quittant ton pauvre père pour venir ici me mêler de ce qui ne me regardait pas ! »

Mme Delbarre n'eut que le temps de se retrancher derrière un fauteuil. Dans leur indignation. tous ses petits enfants s'étaient élancés vers elle :

« Et si maman avait été très-malade dans un lit, et Marthe dans l'autre, cela vous aurait-il regardée, grand'mère ? » criait Blanche.

« Je n'aurai jamais la fièvre scarlatine, j'en demande un diplôme. »

Et Marthe dépliait gravement une grande feuille de papier; « Mais maman en a été bien près, il était temps d'arriver, grand'mère. »

Mme Delbarre secouait la tête; au fond de son cœur, elle pensait comme Marthe.

Huit jours plus tard, la cage était ouverte, les oiseaux avaient pris leur essor. Les écoliers étaient pressés de reprendre leur travail. Mme d'Avrigny comptait sur le changement d'air pour ranimer l'appétit de Rose.

Marthe était contente de suivre ses frères; seuls, M. d'Avrigny et Jacques regrettaient toujours la campagne, la liberté, et la Chênaie.

« Ce n'est pas pour longtemps, mon garçon, » disait le père, « mais moins que jamais ta mère ne voudrait se séparer de Pierre. »

Jacques regardait les pentes vertes encore, malgré la neige et le froid; il comptait les masses sombres des sapins qui se détachaient sur le ciel.

« Je n'ai envie de me séparer de personne,
cette année, Papa, » dit-il à demi-voix; « je vous
ai entendu quand vous parliez à Martin sous la
fenêtre. Dieu est trop bon de nous avoir gardés
tous les six. »

TABLE

[21 989] — Typographie Lahure, rue de Fleurus, 9, à Paris.

LIBRAIRIE HACHETTE ET Cᴵᴱ

BOULEVARD SAINT-GERMAIN, 79, A PARIS

LE

JOURNAL DE LA JEUNESSE

NOUVEAU RECUEIL HEBDOMADAIRE ILLUSTRÉ

**Les six premières années (1873-1878) formant
douze beaux volumes grand in-8º et contenant plus de
3000 gravures sont en vente**

Ce nouveau recueil hebdomadaire est spécialement destiné aux
jeunes gens et aux jeunes filles.

Il forme, chaque semaine, une livraison de seize pages impri-
mées sur deux colonnes, contenant environ 1200 lignes de texte,
et de belles gravures d'après nos meilleurs artistes. La première
partie est consacrée aux œuvres d'imagination, aux voyages;
l'autre, à ces mille notions de science, d'art, d'industrie,
qu'il est si utile de présenter à la jeunesse et qui l'intéressent
d'autant plus qu'elles lui sont présentées avec tout l'attrait de
l'actualité. La couverture elle-même forme tous les quinze jours un
supplément consacré à des problèmes, des charades, des logogri-
phes, des questions historiques, fournissant aux lecteurs un sujet
de recherches attrayantes et instructives. Les noms des auteurs des
solutions sont publiés.

Les six premières années du *Journal de la Jeunesse* forment
douze magnifiques volumes in-8º, très richement illustrés..

Ces volumes sont les livres les plus attrayants et les plus instruc-
tifs que l'on puisse mettre entre les mains de la jeunesse. Il suffira
de jeter un coup d'œil sur le rapide énoncé des principaux articles
qui les composent pour se convaincre que le *Journal de la Jeunesse*
a fidèlement observé le programme qu'il s'était proposé.

EXTRAIT DES MATIÈRES CONTENUES DANS LES DOUZE PREMIERS VOLUMES

DU

JOURNAL DE LA JEUNESSE

par Mme Demoulin ; la Belette, le Chat, l'Églantine, par Ch. Shiffer; l'Oiseau-Mouche, par Jeanne du Plessis; les Migrations des Oiseaux, par A. de Brévans, etc.

ASTRONOMIE. — La Planète Vénus, la Lune, la Comète, l'Histoire ancienne du Ciel, la distance du Soleil à la Terre, par A. Guillemin; la Lune rousse, par H. Norval; les Pierres qui tombent du ciel, Saturne, Neptune, Mars, par Albert Lévy.

INVENTIONS, DÉCOUVERTES. — Les Bateaux à vapeur de la Manche, par A. Guillemin; les Destructeurs des câbles, Impressions de voyage en ballon, le Professeur Charles, par G. Tissandier; le Pyrophone, le Gallium, par A. Lévy; un Fanal inextinguible, les Omnibus, le Chemin de fer du Pacifique, la Pendule mystérieuse, les Puits de gaz en Pensylvanie, le Verre, par P. Vincent; les Navires cuirassés, par Léon Renard; le Scaphandre, par H. Norval; le Tunnel de la Manche, par Et. Leroux.

CAUSERIES INDUSTRIELLES. — La Laine, le Coton, la Soie, le Lait, le Papier, le Télégraphe, la Photographie, le Tissage, par Eug. Muller; les Huiles de pétrole, par G. Tissandier; Comment se fait une aiguille, les Vendanges, Emploi de l'air comprimé, les Eaux de Paris, les Marbres de Carrare, le Crin végétal, par P. Vincent; les Fourrures, par Mme Loreau; les Bonbons, le Sel, le Café, le Cacao, le Houblon et la Bière, le Thé, par H. Norval; le Pain et son histoire, par l'oncle Anselme, etc.

ACTUALITÉS, CONTEMPORAINS, VARIÉTÉS. — Le Naufrage du *Northfleet*, Vergnin, par Eug. Muller; les Ascensions du *Zénith*, par G. Tissandier; les Bohémiens, par L. Rousselet; Horace Greeley, par P. Vincent; l'Ouverture de la chasse, l'Exposition des races canines, par Th. Lally; l'Arc, l'Arbalète, par H. de la Blanchère; le Palais du Trocadéro, par Lucien d'Elne.

CONDITIONS ET MODE DE LA PUBLICATION

LE JOURNAL DE LA JEUNESSE paraît le samedi de chaque semaine. Le prix du numéro est de 40 centimes.

Chaque année de la publication forme deux beaux volumes in-8° richement illustrés.

Prix de chaque volume : broché, 10 fr.; cartonné en percaline rouge, tranches dorées, 13 fr.

PRIX DE L'ABONNEMENT
POUR PARIS ET LES DÉPARTEMENTS

UN AN (2 volumes).........	20 FRANCS
SIX MOIS (1 volume).........	10 . —

NOTA. — Ces prix augmentent de 2 fr. pour l'année et de 1 fr. pour six mois pour les pays étrangers faisant partie de l'Union générale des postes.

Les abonnements ne se prennent que pour un an ou six mois, du 1er décembre et du 1er juin.

BIBLIOTHÈQUE ROSE ILLUSTRÉE

Format in-18 jésus, à 2 fr. 25 le volume

La reliure en percaline rouge se paye en sus : tranches jaspées, 1 fr.
tranches dorées, 1 fr. 25.

1ʳᵉ SÉRIE. — POUR LES ENFANTS DE 4 A 8 ANS.

Anonyme : *Chien et chat ;* 3ᵉ édit.
1 vol. traduit de l'anglais par Mme A.
Dibarrart, avec 45 vignettes par E.
Bayard.

— *Douze histoires pour les enfants de
quatre à huit ans*, par une mère de
famille ; 3ᵉ édit. 1 vol. avec 18 vignettes par Bertall.

— *Les enfants d'aujourd'hui*, par la
même ; 3ᵉ édit. 1 vol. avec 40 vignettes par Bertall.

Carraud (Mme Z.) : *Historiettes véri-
tables ;* 3ᵉ édit. 1 vol. avec 94 vignettes par Fath.

Fath (G.) : *La sagesse des enfants*,
proverbes, avec 100 vignettes par l'auteur. 1 vol.

Laroque (Mme) : *Grands et petits.*
1 vol. avec 61 vignettes par Bertall.

Marcel (Mme J.) : *Histoire d'un cheval de bois ;* 2ᵉ édit. 1 vol. avec 20 vignettes par E. Bayard.

Pape-Carpantier (Mme) : *Histoires
et leçons de choses pour les enfants ;*
9ᵉ édit. 1 vol. avec 85 vignettes.

Ouvrage couronné par l'Académie française.

Perrault, Mmes d'Aulnoy et Le-
prince de Beaumont : *Contes de
fées.* 1 vol. avec 65 vignettes par Bertall, Forest, etc.

Porchat (L.) : *Contes merveilleux ;*
3ᵉ édit. 1 vol. avec 21 vignettes par
Bertall.

Schmidt (le chanoine Ch. von) :
190 *Contes pour les enfants*, traduits
de l'allemand par Van Hasselt ; 2ᵉ édition. 1 vol. avec 29 vignettes par
Bertall.

Ségur (Mme la comtesse de) : *Nouveaux contes de fées ;* 4ᵉ édit. 1 vol.
avec 46 vignettes par Gustave Doré et
H. Didier.

2ᵉ SÉRIE. — POUR LES ENFANTS DE 8 A 14 ANS.

Achard (Amédée) : *Histoire de mes
amis.* 1 vol. avec 20 vignettes par E.
Bellecroix, A. Mesnel, etc.

Andersen : *Contes choisis*, traduits
du danois par Soldi ; 4ᵉ édit. 1 vol.
avec 40 vignettes par Bertall.

Anonyme : *Les fêtes d'enfants*, scènes et dialogues ; 4ᵉ édit. 1 vol.
avec 41 vignettes par Foulquier.

Assollant (A.) : *Les aventures mer-
veilleuses, mais authentiques du capitaine Corcoran ;* 3ᵉ édit. 2 vol. avec
50 vignettes par A. de Neuville.

Barrau (Th. H.) : *Amour filial ;*
4ᵉ édit. 1 vol. avec 41 vignettes par
Ferogio.

Bawr (Mme de) : *Nouveaux contes ;*
4ᵉ édit. 1 vol. avec 40 vignettes par
Bertall.

Ouvrage couronné par l'Académie française.

Belèze : *Jeux des adolescents ;* 4ᵉ édit.
1 vol. avec 140 vignettes.

Berquin : *Choix de petits drames et
de contes ;* 2ᵉ édit. 1 vol. avec 36 vignettes par Foulquier, etc.

Berthet (Élie) : *L'enfant des bois ;*
4ᵉ édit. 1 vol. avec 61 vignettes.

Blanchère (de la) : *Les aventures de
La Ramée et de ses trois Compagnons ;* 2ᵉ édit. 1 vol. avec 36 vignettes par E. Forest.

— *Oncle Tobie le pêcheur ;* 2ᵉ édition.
1 vol. avec 80 vignettes.

Boiteau (P.) : *Légendes recueillies ou composées pour les enfants;* 2e édit. 1 vol. avec 42 vignettes par Bertall.

Carraud (Mme Z.) : *La petite Jeanne ou le Devoir;* 6e édit. 1 vol. avec 21 vignettes par Forest.
Ouvrage couronné par l'Académie française.
— *Les métamorphoses d'une goutte d'eau, suivies des Aventures d'une fourmi, des Guêpes,* etc.; 4e édit. 1 vol. avec 50 vign. par E. Bayard.
— *Les goûters de la grand'mère;* 3e édit. 1 vol. avec 18 vignettes par Bayard.

Castillon (A.) : *Les récréations physiques;* 3e édit. 1 vol. avec 36 vignettes par Castelli.
— *Les récréations chimiques,* 3e édit. 1 vol. avec 34 vignettes par Castelli.

Chabreul (Mme de) : *Jeux et exercices des jeunes filles;* 4e édit. 1 vol. contenant la musique des rondes et 80 vignettes par Fath.

Colet (Mme L.) : *Enfances célèbres;* 9e édit. 1 vol. avec 57 vignettes par Foulquier.

Contes anglais, traduits par Mme de Witt. 1 vol. avec 43 vignettes par Morin.

Edgeworth (Miss) : *Contes de l'adolescence,* traduits par Le François; 2e édition. 1 vol. 42 vignettes par Morin.
— *Contes de l'enfance,* traduits par le même. 1 vol. avec 27 vignettes par Foulquier.
— *Demain, suivi de Mourad le malheureux;* 2e édit. 1 vol. avec 55 vign. par Bertall.

Fénelon : *Fables.* 1 vol. avec 22 vignettes par Forest et E. Bayard.

Fleuriot (Mlle Zénaïde) : *Le petit chef de famille;* 3e édition. 1 vol. avec 51 vignettes par Castelli.
— *Plus tard, ou le jeune chef de famille;* 2e édit. 1 vol. avec 74 vignettes par Bayard.
— *En congé;* 3e édit. 1 vol. avec 61 vignettes par A. Marie.
— *Bigarrette.* 3e édit. 1 vol. avec 55 vignettes par A. Marie.
— *Un enfant gâté;* 2e édition. 1 vol. avec 48 vignettes par Ferdinandus.

Foë (de) : *La vie et les aventures de Robinson Crusoé,* traduites de l'anglais, édition abrégée. 1 vol. avec 40 vignettes.

Genlis (Mme de) : *Contes moraux.* 1 vol. avec 40 vignettes par Foulquier, etc.

Gouraud (Mlle Julie) : *Les enfants de la ferme;* 3e édit. 1 vol. avec 50 vignettes par E. Bayard.
— *Le Livre de maman;* 2e édit. 1 vol. avec 68 vignettes par E. Bayard.
— *Cécile ou la petite sœur;* 3e édit. 1 vol. avec 23 vignettes par Desandré.
— *Lettres de deux poupées;* 4e édit. 1 vol. avec 59 vignettes par Olivier.
— *Le petit colporteur;* 4e édit. 1 vol. avec 27 vignettes par A. de Neuville.
— *Les mémoires d'un petit garçon;* 5e édit. 1 vol. avec 86 vignettes par E. Bayard.
— *Les mémoires d'un caniche;* 4e édit. 1 vol. avec 75 vignettes par E. Bayard.
— *L'enfant du guide;* 3e édit. 1 vol. avec 60 vignettes par F. Bayard.
— *Petite et grande;* 2e édition. 1 vol. avec 48 vignettes par E. Bayard.
— *Les quatre pièces d'or;* 3e édit. 1 vol. avec 51 vignettes par E. Bayard.
— *Les deux enfants de Saint-Domingue;* 2e édit. 1 vol. avec 54 vign. par E. Bayard.
— *La petite maîtresse de maison.* 2e éd. 1 vol. avec 27 vignettes par A. Marie.
— *Les filles du professeur;* 2e édition. 1 vol. avec 36 vign. par Kauffmann.
— *La famille Harel.* 1 vol. avec 48 vignettes par Valnay et Ferdinandus.

Grimm (les frères) : *Contes choisis,* traduits de l'allemand par Fr. Baudry. 1 vol. avec 40 vignettes par Bertall.

Hauff : *La caravane,* traduit de l'allemand, par le même; 3e édit. 1 vol. avec 40 vignettes par Bertall.
— *L'auberge du Spessart,* traduit de l'allemand par le même; 3e édit. 1 vol. avec 61 vignettes par Bertall.

Hawthorne : *Le livre des merveilles,* traduit de l'anglais par L. Rabillon.
1re série, avec 20 vign. par Bertall. 1 vol.
2e série, avec 20 vign. par Bertall. 1 vol.
Chaque série se vend séparément.

Hébel et Karl Simrock : *Contes allemands,* imités de Hébel et Karl Simrock, par N. Martin, 3e édit. 1 vol. avec 25 vignettes par Bertall.

Johnson (R. L.) : *Dans l'extrême Far West.* Aventures d'un émigrant dans la Colombie anglaise, traduites de l'anglais par A. Talandier; 2e édit. 1 vol. avec 20 vignettes par A. Marie.

Marcel (Mme Jeanne) : *L'école buis-sonnière;* 2e édit. 1 vol. avec 28 vi-gnettes par A. Marie.
— *Le bon frère;* 2e édit. 1 vol. avec 21 vignettes par E. Bayard.
— *Les petits vagabonds;* 2e édit. 1 vol. avec 25 vignettes par E. Bayard.

Maréchal (Mlle). *La dette de Ben-Aïssa;* 2e édition. 1 vol. avec 20 vign. par Bertall.
— *Nos petits camarades.* 1 vol. avec 18 vign. par Bayard, Castelli, etc.

Marmier : *L'arbre de Noël;* 2e édit. 1 vol. avec 60 vignettes par Bertall.

Mayne-Reid (le capitaine). Ouvrages traduits de l'anglais :
— *Les chasseurs de girafes,* traduit par H. Vattemare ; 3e édit. 1 vol. avec 10 vignettes par A. de Neuville.
— *A fond de cale,* traduit par Mme H. Loreau; 3e édit. 1 vol. avec 12 vi-gnettes.
— *A la mer!* traduit par Mme H. Lo-reau; 5e édit. 1 vol. avec 12 vignettes.
— *Bruin, ou les chasseurs d'ours,* tra-duit par A. Letellier. 1 vol. avec 8 vignettes.
— *Le chasseur de plantes,* traduit par Mme H. Loreau. 1 vol. avec 12 vi-gnettes.
— *Les exilés dans la forêt,* traduit par Mme H. Loreau; 4e édit. 1 vol. avec 12 vignettes.
— *Les grimpeurs de rochers,* traduit par Mme H. Lorau. 1 vol. avec 20 vignettes.
— *Les peuples étranges,* traduit par Mme H. Loreau. 1 vol. avec 8 vi-gnettes.
— *Les vacances des jeunes Boërs,* tra-duit par Mme H. Lorau. 1 vol. avec 12 vignettes.
— *Les veillées de chasse,* traduit par H. B. Révoil. 1 vol. avec 43 vignettes par Froemann.
— *L'habitation du désert,* ou Aven-tures d'une famille perdue dans les solitudes de l'Amérique. Traduit par Le François. 1 vol. avec 24 vignettes par G. Doré.

Muller (Eugène). *Robinsonette;* 3e éd. 1 vol. avec 22 vignettes par Lix.

Peyronny (Mme de), née d'Isle : *Deux cœurs dévoués;* 3e édit. 1 vol. avec 53 vignettes par J. Devaux.
Les deux premières éditions ont paru sous le titre de : *Histoire de deux âmes.*

Pitray (Mme la vicomtesse de) : *Le enfants des Tuileries;* 3e édit. 1 vol avec 57 vignettes par Bayard.
— *Les débuts du gros Philéas;* 2e édit. 1 vol. avec 17 vignettes par Castelli.
— *Le château de la Pétaudière;* 2e édit. 1 vol. avec 78 vign. par A. Marie.

Rendu (V.) : *Mœurs pittoresques de insectes.* 1 vol. avec 49 vignettes.
Ouvrage couronné par la Société pour l'instruction élémentaire.

Sandras (Mme) : *Mémoires d'un lapi blanc;* 3e édit. 1 vol. avec 20 vi-gnettes par E. Bayard.
Ouvrage couronné par la Société pour l'instruction élémentaire.

Sannois (Mme la comtesse de) : *Le soirées à la maison;* 2e édit. 1 vol avec 42 vignettes par E. Bayard.

Ségur (Mme la comtesse de) : *Après le pluie le beau temps;* 2e édit. 1 vol avec 128 vignettes par E. Bayard.
— *Le mauvais génie;* 3e édit. 1 vol avec 90 vignettes par E. Bayard.
— *Comédies et proverbes;* 6e édit 1 vol. avec 60 vignettes par E. Bayard
— *Diloy le chemineau;* 4e édit. 1 vol avec 90 vignettes par H. Castelli.
— *François le bossu;* 5e édit. 1 vol avec 114 vignettes par E. Bayard.
— *Jean qui grogne et Jean qui rit;* 6e édit. 1 vol. avec 70 vignettes par Castelli.
— *La fortune de Gaspard;* 5e édit 1 vol. avec 32 vignettes par Gerlier
— *La sœur de Gribouille;* 6e édit 1 vol. avec 72 vignettes par Castelli
— *L'auberge de l'ange gardien;* 10e édi-tion. 2 vol. avec 71 vignettes par Foulquier.
— *Le général Dourakine;* 9e édit 1 vol. avec 100 vign. par E. Bayard.
— *Les bons enfants;* 7e édit. 1 vol. avec 70 vignettes par Ferogio.
— *Les deux nigauds;* 8e édit. 1 vol. avec 76 vignettes par Castelli.
— *Les malheurs de Sophie;* 11e édit. 1 vol. avec 48 vignettes par Castelli.
— *Les petites filles modèles;* 8e édit. 1 vol. avec 21 grandes vignettes par Bertall.
— *Les vacances;* 6e édit. 1 vol. avec 36 vignettes par Bertall.
— *Mémoires d'un âne;* 9e édit. 1 vol. avec 75 vignettes par Castelli.
— *Pauvre Blaise;* 3e édit. 1 vol. avec 63 vignettes par Castelli.

— *Quel amour d'enfant!* 5e édit. 1 vol. avec 79 vignettes par E. Bayard.

— *Un bon petit diable :* 7e édit. 1 vol. avec 100 vignettes par Castelli.

Stolz (Mme de) : *La maison roulante;* 4e édit. 1 vol. avec 20 vignettes sur bois par E. Bayard.

— *Le trésor de Nanette;* 3e édition, 1 vol. avec 25 vignettes par E. Bayard.

— *Blanche et noire;* 3e édit. 1 vol. avec 54 vignettes par E. Bayard.

— *Par-dessus la haie;* 3e édit. 1 vol. avec 6 vignettes par A. Marie.

— *Les poches de mon oncle;* 2e édit. 1 vol. avec 20 vignettes par Bertall.

— *Les vacances d'un grand-père;* 2e éd. 1 vol. avec 40 vign. par J. Delafosse.

— *Quatorze jours de bonheur;* 2e édit. 1 vol. avec 55 vignettes par Bertall.

— *Le Vieux de la Forêt;* 2e édit. 1 vol. avec 40 vignettes.

Switt : *Voyages de Gulliver à Lilliput, à Brobdingnay et au pays des Hanyhnhums;* traduits de l'anglais et abrégés à l'usage des enfants. 1 vol. avec 75 vignettes.

Taulier (Jules) : *Les deux petits Robinsons de la Grande-Chartreuse;* 4e édit. 1 vol. avec 69 vignettes par E. Bayard et Hubert Clerget.

Tournier : *Les premiers chants;* poésies à l'usage de la jeunesse, avec 20 vignettes par Gustave Roux.

Vimont (Ch) : *Histoire d'un navire;* 6e édit. 1 vol. avec 40 vignettes par Alex. Vimont.

Witt, née Guizot (Mme de) : *Enfants et parents;* 2e édit. un vol. avec 34 vignettes par A. de Neuville.

—*La petite fille aux grand'mères;* 2e édition. 1 vol. avec 36 vign. par Beau.

3e SÉRIE. — POUR LES ADOLESCENTS

ET POUVANT FORMER UNE BIBLIOTHÈQUE POUR LES JEUNES FILLES DE 14 A 18 ANS.

VOYAGES

Agassiz (M. et Mme): *Voyage au Brésil;* traduit de l'anglais par Vogell et abrégé par J. Belin de Launay. 1 vol. avec 10 gravures et une carte.

Aunet (Mme L. d') : *Voyage d'une femme au Spitzberg;* 4e édit. 1 vol. avec 34 gravures.

Baines (Th.) : *Voyage dans le sud-ouest de l'Afrique;* traduits et abrégés par J. Belin de Launay; 2e édit. 1 vol. avec 1 carte et 22 gravures.

Baker (S.W.) : *Le lac Albert;* 2e édit. Nouveau voyage aux sources du Nil. 1 vol. abrégé sur la traduction de Gustave Masson par J. Belin de Launay, avec 16 vignettes et 1 carte.

Baldwin : *Du Natal au Zambèze,* 181-1866. Récits de chasse. Traduits par Mme Henriette Loreau et abrégés par J. Belin de Launay ; 2e édit. 1 vol. avec 24 gravures et 1 carte.

Burton (Le capitaine) : *Voyages à La Mecque, aux grands lacs d'Afrique et chez les Mormons,* abrégés par J. Belin de Launay. 1 vol. avec 12 gravures et 3 cartes.

Catlin : *La vie chez les Indiens,* traduit de l'anglais; 4e édit. 1 vol. avec 25 gravures.

Fonvielle (W. de) : *Le Glaçon du Polaris.* Aventures du capitaine Tyson, 2e édit. 1 vol. avec 19 grav. et 1 carte.

Hayes (Dr J.-J.) : *La mer libre du pôle.* Traduction de M. F. de Lanoye. 1 vol. avec 14 gravures et 1 carte.

Hervé et de Lanoye : *Voyage dans les glaces du pôle arctique;* 4e édit. 1 vol. avec 40 gravures.

Lanoye (Ferd. de) : *Le Nil et ses sources;* 3e édit. 1 vol. avec 32 gravures et cartes.

— *Ramsès-le-Grand, ou l'Égypte il y a trois mille trois cents ans;* 2e édition. 1 vol. avec 39 vignettes par Lancelot, Bayard, etc.

— *La Sibérie;* 2e édition. 1 vol. avec 48 vignettes par Lebreton, etc.

— *Les grandes scènes de la nature;* 3e édit. 1 vol. avec 40 gravures.

— *La mer polaire,* voyage de l'*Érèbe* et de la *Terreur,* et expédition à la recherche de Franklin; 3e édit. 1 vol. avec 29 gravures et des cartes.

Livingstone (David et Charles) : *Explorations dans l'Afrique australe*, abrégées par J. Belin de Launay. 1 vol. avec 20 gravures et 1 carte.

Mage (L.) : *Voyage dans le Soudan occidental*, abrégé par J. Belin de Launay. 2e édit. 1 vol. avec 16 gravures et 1 carte.

Milton et Cheadle : *Voyage de l'Atlantique au Pacifique*, traduit et abrégé par J. Belin de Launay. 1 vol. avec 16 gravures et 2 cartes.

Mouhot (Henri) : *Voyages dans les royaumes de Siam, de Cambodge et de Laos*, relation extraite du Journal de l'auteur, par F. de Lanoye. 1 vol. avec 28 gravures et 1 carte.

Palgrave (W.G.) . *Une année dans l'Arabie centrale*, traduction abrégée par J. Belin de Launay, avec 12 gravures et une carte. 1 vol.

Perron d'Arc : *Aventures d'un voyageur en Australie; neuf mois de séjour chez les Nagarnooks ;* 2e édit. 1 vol. avec 24 vignettes par Lix.

Pfeiffer (Mme Ida) : *Voyages autour du monde;* abrégés par J. Belin de Launay ; 2 édit. 1 vol. avec 17 gravures et 1 carte.

Piotrowski : *Souvenirs d'un Sibérien ;* 2 édit. 1 vol. avec 10 gravures.

Schweinfurth (G.) : *Au cœur de l'Afrique (1866-1871).* Traduction de Mme H. Loreau; abrégée par J. Belin de Launay. 1 vol. avec 16 vignettes et 1 carte.

Speke : *Les sources du Nil*, édition abrégée par J. Belin de Launay des Voyages de Speke et de Grant ; 3e éd. 1 vol. avec 24 gravures et 3 cartes.

Stanley : *Comment j'ai retrouvé Livingstone.* Traduction de Mme Loreau, abrégée par J. Belin de Launay. 1 vol. avec 16 vignettes et 1 carte.

Vambéry (A.) : *Voyages d'un faux derviche dans l'Asie centrale*, traduits de l'anglais par E. D. Forgnès et abrégés par J. Belin de Launay ; 2 édit. 1 vol. avec 18 gravures et 1 carte.

HISTOIRE

Le loyal serviteur : *Histoire du gentil seigneur de Bayard*, revue et abrégée, à l'usage de la jeunesse, par Alph. Feillet ; 2e édit. 1 vol. avec 36 vignettes par P. Sellier.

Monnier (Marc) : *Pompéi et les Pompéïens ;* 3e édit. à l'usage de la jeunesse. 1 vol. avec 22 vignettes par Thérond.

Plutarque : *Vie des Grecs illustres*, édition abrégée par Alph. Feillet sur la traduction de M. E. Talbot ; 2e édit. 1 vol. avec 53 vignettes par P. Sellier.

— *Vie des Romains illustres*, édition abrégée par A. Feillet sur la traduction de M. Talbot. 1 vol. avec 69 vignettes par P. Sellier.

Retz (cardinal de) : *Mémoires*, abrégés par Alph. Feillet, avec 35 vignettes par Gilbert, etc. 1 vol.

LITTÉRATURE

Bernardin de Saint-Pierre : *Œuvres choisies.* 1 vol. avec 12 vignettes par E. Bayard.

Cervantès : *Histoire de l'admirable don Quichotte de la Manche ;* édition à l'usage de la jeunesse. 1 vol. avec 64 vignettes par Bertall et Forest.

Homère : *L'Iliade et l'Odyssée*, traduites par P. Giguet et abrégées par Alph. Feillet. 1 vol. avec 33 vignettes par Olivier.

Le Sage : *Aventures de Gil Blas,* édition à l'usage de la jeunesse. 3 vol. avec 50 vignettes par Leroux.

Mac-Intosch (Miss) : *Contes américains*, traduits par Mme Dionis. 2 vol. avec 120 vignettes par E. Bayard.

Maistre (Xavier de) : *Œuvres choisies.* 1 vol. avec 15 vignettes par E. Bayard.

Molière : *Œuvres choisies*, abrégées à l'usage de la jeunesse. 2 vol. avec 22 vignettes par Hilemacher.

Virgile : *Œuvres choisies*, traduites et abrégées à l'usage de la jeunesse, par Th. Barrau et Alph. Feillet. 1 vol. avec 20 vignettes par P. Sellier.

Paris. — Impr. E. Capiomont et V. Renault, rue des Poitevins, 6.

2146 — Typographie Lahure, rue de Fleurus, 9, à Paris.